전래 미스터리

홍정기 소설집

전래 미스터리

홍정기 소설집

MONGSIL
BOOKS

목 차

콩쥐
살인사건

1

보름달 청명한 여름밤.

낮 동안 시끄럽게 울어대던 매미 소리는 어느새 자취를 감추고 차라락, 차라락 자갈을 스치는 강가의 물소리가 고요한 밤의 침묵을 깨트렸다.

보름달을 머금은 강물은 이리로 저리로 물결쳤다. 강변에 늘어선 미루나무들은 시간이 정지된 듯 넋을 잃고 강물에 비친 달을 바라봤다.

어스름한 달빛 아래 줄지은 나무 그림자 사이로 키 작은 그림자가 드리웠다. 달빛을 떠받치고 서 있는 이는 바람 불면 날아갈 듯한 여리디여린 소녀였다. 너울대는 강물을 바라보는 소녀의 노란 저고리가 위아래로 흔들렸다.

"엄마…. 엄마…. 흐흐흑."

구슬피 우는 소녀의 흐느낌이 강바람을 타고 아스라이 흩어졌다.

순간.

소녀의 등 뒤로 칠흑 같은 그림자가 하나 더 드리웠다.

그림자는 천천히, 그리고 조용히 소녀와의 거리를 좁혀갔다. 바스락, 낙엽 밟는 소리. 낯선 인기척을 느낀 소녀가 마침내 고개를 돌렸다. 눈물 젖은 소녀의 눈동자가 크게 뜨였다. 이내 갈피를 잃은 동공이 이리저리 흔들렸다. 너무나 놀란 나머지 비명조차 내지를 수 없었다.

소녀의 눈앞에 검은 망토와 검은 복면을 쓴 괴한이 서 있었다. 괴한이 서서히 손을 들었다. 손안에는 달빛을 받아 번쩍이는 도끼가 들려있었다.

그 순간 소녀의 귀에 아득한 종소리가 들렸다. 긴장한 탓에 머릿속에서 들리는 소리가 아니었다. 인근에 있는 사찰에서 밤 열 시인 이경을 알리는 타종 소리였다.

"누… 누구세요?"

물기를 머금은 목소리가 가늘게 떨렸다. 돌아오는 대답은 없었다. 다만 날이 선 도끼가 밤하늘 높이 치솟았다. 얼굴에 세로로 드리운 도끼 그림자를 보고서야 소녀는 도망쳐야 한다는 사실을 깨달았다. 하지만 등 뒤로는 깊이를 알 수 없는 강물이, 앞으로는 시퍼런 도끼로 가로막혀 있었다. 진퇴양난의 상황. 소녀의 등 뒤로 한줄기 식은땀이 흘러내렸다.

고민할 새가 없었다. 도끼날에 머리가 쪼개지느니 차라리 강물에 뛰어들자! 소녀는 몸을 돌려 강가로 왼발을 내디뎠다.

"헉!"

내디딘 소녀의 왼발이 진흙을 밟고 죽 미끄러졌다. 가녀린 몸은 이미 중심을 잃고 둑방 아래로 고꾸라지고 있었다. 볼썽사납게 둑방에 걸린 하얀 오른 발목만이 뭍에 남은 상황. 당황한 소녀가 미처 이도 저도 못 하는 사이에 그 틈을 놓치지 않고 도끼날이 공기를 갈랐다.

쉭!

쑤컥.

단말마의 비명이 밤하늘을 가르고 미루나무 위에서 휴식을 취하던 새들이 한꺼번에 날아올랐다. 고통의 비명은 더 이상 이어지지 못했다. 소녀는 차디찬 강물 속으로 영원히 삼켜져 버렸다.

괴한은 조금 전 소녀가 서 있던 둑방 위에서 유심히 강물을 살폈다. 떠오르는 것은 아무것도 없었다. 검은 망토의 괴한은 주변을 살피며 조용히 그곳을 빠져나갔다.

2

전주의 어느 작은 마을.

최만춘이라는 이름의 퇴리(퇴직한 관리)가 조씨 부인과 함께 오순도순 살고 있었다. 싸리문 밖으로 웃음이 끊이지 않던 이 부부에게는 한 가지 고민이 있었다. 살가운 부부 사이에도 불구하고 수년째 아이가 생기지 않았다. 덧없이 시간은 흘러가고 서로가 아이에 대해 체념할 때쯤 조씨 부인이 명산대찰에 불공을 드린 지 꼬박 백 일 만에 그토록 기다리던 아기를 수태했다. 하지만 이 무슨 얄궂은 운명의 장난이랴. 아기를 낳은 직후 조씨 부인은 병으로 세상을 떠나고 만춘은 어린 딸을 살리기 위해 젖동냥을 다녔다. 그렇게 애지중지 키운 딸은 올바르고 예쁘게 자라났다.

부족한 살림이지만 딸과 서로 의지하며 행복하게 살던 최 씨는 커다란 결심을 한다. 딸아이를 위해 새로운 가정을 꾸리기로 한 것이다. 그렇게 이웃에 살던 배 씨 성을 가진 과부와 새로이 백년가약을 맺었다. 최 씨의 슬하에 있던 콩쥐와 배 씨의 전남편 소생이던 팥쥐는 동갑내기 자매가 됐다. 콩쥐와 팥쥐가 열네 살이 되던 해였다.

처음에는 더할 나위 없이 화목했다.

계모는 콩쥐나 팥쥐에게 차별 없이 대해주었고 최 씨에게도 최선을 다해 내조했다. 하지만 행복한 시간은 잠시뿐이었다. 계모의 중상모략에 넘어간 최 씨는 자신이 콩쥐의 아버지가 아니라며 콩쥐의 친부를 잡아 족치겠다고 집을 나가 돌아오지 않았다. 최 씨의 재산을 야금야금 탕진하던 계모는 최 씨의 가출로 수입이 끊기자 콩쥐를 이용했다. 몸종이 있음에도 콩쥐에게 집안 살림을 맡기는가 하면 온갖 부역에 콩쥐를 보내고 대가를 가로챘다. 계모와 팥쥐, 심지어 몸종인 언년이까지 콩쥐를 학대하기에 이르렀다.

하루하루 살아가는 것이 고통이고 지옥인 콩쥐는 어느덧 열여섯 살이 되었다.

해가 중천에 뜬 여름날.

초가지붕 아래 계모와 팥쥐는 하릴없이 잡담 중이었다.

"마을에 새로운 원님이 부임했대. 그런데 그 원님이 그렇게 젊고 외모가 출중하다나 봐."

거울을 보며 머리를 매만지던 계모가 새로 부임한 원님에 대해 말했다. 방바닥에 누워있던 팥쥐가 벌떡 일어섰다. 두 손을 맞잡아 깍지 끼며 눈빛을 빛냈다.

"어머머. 얼마나 멋질까. 나도 그런 원님한테 시집가고 싶은데. 호호."

계모가 호들갑을 떠는 팥쥐를 돌아보며 빙긋이 웃었다.

"우리 딸 미모라면 충분히 가능하지. 암, 그렇고말고. 걱정하지 말거라. 이 엄마가 중매쟁이한테 한 번 알아볼 터이니. 홍홍홍."

그때 활짝 열린 맹장지 밖으로 빨래 바구니를 머리에 이고 돌아오는 콩쥐가 보였다. 머리에 인 빨래가 얼마나 많은지 걸음걸음을 뗄 때마다 가녀린 상체가 앞뒤로 휘청거렸다. 빨래 바구니를 꼭 붙들고 넘어지지 않으려 안간힘을 쓰는 콩쥐를 지켜보는 팥쥐의 눈이 매서워졌다.

"아우. 저 꼴 보기 싫은 년. 저년은 언제 치운대요?"

계모의 눈빛 역시 석빙고 속 얼음보다 차갑게 변했다.

"그러잖아도 저년이 축내는 쌀 한 톨도 아까워 죽겠어. 어디 산에 끌고 가서 쥐도 새도 모르게 죽여 버리든가 해야지 원. 쯧."

"귀신은 뭐 하나 몰라. 저런 년 안 잡아가고."

계모가 다시 거울로 고개를 돌리고 눈 주위를 살폈다.

"안 그래도 자꾸 눈가에 주름이 잡혀서 짜증인데 저년 때문에 더 늙는 거 같아."

그때 팥쥐가 입꼬리를 올리며 간악한 웃음을 지었다.

"엄마. 내 좋은 생각이 떠올랐소. 나한테 한 번 맡겨보시려오?"

계모 역시 사악한 웃음을 지으며 되물었다.

"뭔데? 어떻게? 응응?"

때마침 콩쥐가 빨래 바구니를 대청마루에 내려놓고 일렀다.

"어머니, 분부하신 빨래 다 마쳤어요. 휴우."

콩쥐가 바구니 아래 받쳤던 수건을 곱게 접어 얼굴에 흐르는 땀을 닦고 있었다.

"빨래를 마쳤으면 어서 빨랫줄에 널어야지. 그것까지 내가 일일이 알려주랴?"

"죄, 죄송해요. 어머니."

표독스러운 계모의 말에 콩쥐의 얼굴이 대번 어두워졌다.

"어서 널고, 요 아래 박가네 밭에 가서 김을 매거라. 저녁 전까지는 마무리 짓기로 약조했으니 꼭 그리해야 한다."

네, 하며 힘없이 대답한 콩쥐는 곧바로 마당을 가로지른 빨랫줄에 빨래를 널기 시작했다. 뜨거운 햇살을 받으며 빨래를 너는 콩쥐의 이마에 다시 땀방울이 맺혔다. 계모는 갖은 이유를 들이대며 며칠째 밥을 주지 않았다. 먹은 것이라고는 고작 아침, 저녁으로 먹는 묽은 미음 한 사발뿐. 그 때문인지 몸에 힘이 돌지 않고 현기증이 밀려왔다. 체력적으로나 정신적으로나 한계에 다다랐다. 콩쥐는 멀어져가는 정신을 부여잡기 위해 아랫입술을 질끈 깨물었다. 입술에서 전해지는 아찔한 통증. 비릿한 쇠 맛이 입안에 퍼져나갔다.

그때였다. 난데없이 눈앞이 깜깜해지고 별이 반짝였다. 뒤통수에 충격을 받은 콩쥐가 그대로 앞으로 고꾸라졌다. 왼뺨이 마당 흙바닥에 처박히면서도 무슨 일이 일어난 건지 알 수가 없었다.

"끄응."

당최 영문을 모르는 콩쥐가 뒷머리를 어루만지자 등 뒤에서 다짜고짜 호통을 치는 팥쥐의 목소리가 들려왔다.

"네 이년! 내가 먹으려고 둔 산딸기를 누가 훔쳐 먹었나 했더니 바로 콩쥐 네 년이렷다."

"딸, 딸기라니?"

아닌 밤중에 홍두깨도 아니고, 밑도 끝도 없이 산딸기라니. 어안이 벙벙한 콩쥐가 되묻자 팥쥐는 콩쥐의 입술을 죽 잡아당겼다.

"못된 년. 이 새빨간 입술 봐. 산딸기를 처먹고 그리된 게 분명해."

팥쥐의 손끝에 콩쥐가 입술을 깨물어 터진 상처의 피가 묻어났다. 팥쥐는 입술을 잡은 채 다른 손으로 냅다 콩쥐의 뺨을 후려갈겼다. 팥쥐가 뺨을 휘갈기는 파열음이 마당에 울려 퍼졌다. 이를 본 계모가 깔깔대며 배를 잡고 웃어댔다. 콩쥐의 눈가에 눈물이 핑 돌았다. 팥쥐에게 맞은 뺨이 금세 새빨갛게 부풀어 올랐다.

"아느야. 나 아느야…"

여전히 팥쥐에게 입술을 붙들린 콩쥐가 눈물을 질질 흘리며 손사래를 쳤다.

대관절 이게 무슨 날벼락이란 말인가. 콩쥐를 노려보는 팥쥐의 표독스러운 시선에 콩쥐의 등골이 서늘해졌다. 팥쥐가 입술에서 손을 떼자마자 다리에 힘이 풀린 콩쥐는 바닥에 주저앉았다. 서러움에 흐느끼는 콩쥐 앞에 호미가 떨어졌다. 거뭇하게 때가 낀 낡은 나무 호미였다. 팥쥐가 허리에 손을 얹고 씩씩대며 일렀다.

"오늘 해가 서산에 걸리는 신시(오후 5시)까지 박가네 김을 다 매. 만약 다 매지 못하면 거짓말을 한 네년의 입술을 칼로 도려내 줄 테니. 명심해. 알겠지?"

고개를 들어 마주 본 팥쥐의 눈빛은 오뉴월에도 서리가 내릴 정도로 한기가 감돌았다.

콩쥐는 울며 겨자 먹기로 고개를 주억거릴 수밖에 없었다.

"하아…."
콩쥐는 땅이 꺼지라고 한숨을 쉬었다. 눈 앞에 펼쳐진 밭을 보니 절로 한숨이 새어 나왔다.
박가의 밭은 처참하기 그지없었다. 산비탈을 깎아 억지로 만든 밭으로 밭이라 부르기도 민망할 지경이었다. 미처 골라 내지 못한 돌과 자갈들이 즐비했다.
이런 자갈밭을 신시까지 매라니.
불현듯 언년이에게 몸이 붙들려 옴짝달싹 못 하는 상태에서 팥쥐가 날카로운 식칼로 과일 껍질을 벗기듯 입술을 도려내는 장면이 떠올랐다. 콩쥐의 몸이 부르르 떨렸다. 모르긴 몰라도 팥쥐는 정말로 입술을 도려낼 위인이었다. 머리칼이 쭈뼛 서고 온몸에 소름이 돋았다.
"안 돼! 정신 차리자."
콩쥐는 자기 뺨을 세게 후려쳤다. 지금도 시간은 신시를 향해 가고 있었다. 망연자실한 채 시간을 허비할 수는 없었다. 이미 해가 머리 위를 지난 지 한참이다.
콩쥐는 쭈그려 앉아 나무 호미를 돌밭에 찍었다. 호미가 단단한 돌멩이에 부딪힐 때마다 얼얼한 통증이 팔 전체에 퍼졌다. 나무 손잡이에 가시가 일어 손바닥에 박혀 들었다. 얼마 안 가 손바닥은 피투성이가 됐고 호미 손잡이가 새빨갛게 물들었다.

콩쥐는 이를 악물고 꿋꿋하게 돌을 골랐다. 하지만 호미 목이 부러지면서 그마저도 불가능해졌다. 부러진 호미 목을 잡고 땅에 내리찍었지만 허사였다. 다급한 마음에 맨손으로 땅을 파내다 손톱이 들리고 온통 물집이 잡혀 버렸다.

흙바닥에 물 자국이 점점이 피어났다. 땀과 눈물이 뒤섞여 흙바닥을 적셨지만, 뙤약볕에 금세 증발해 버렸다.

틀렸다. 틀려버렸다….

압도적인 무력감. 벗어날 수 없는 늪과 같은 좌절이 콩쥐의 온몸을 옭아맸다. 핏기가 가서 창백해진 콩쥐의 입술이 파르르 떨렸다.

이도 저도 못 하고 끙끙대는 사이 콩쥐의 뒤통수가 간질거렸다.

이 독한 년. 그새를 못 참고 감시를 나왔구나.

시선이 느껴지는 쪽으로 콩쥐가 고개를 홱 돌리자 저 느티나무 뒤로 급히 몸을 숨기는 이가 있었다. 하지만 아름드리 느티나무에 몸을 숨기기에는 덩치가 컸다. 콩쥐는 나무 뒤 음흉한 눈빛과 딱 마주쳤다. 순간 기분 나쁜 혐오감이 전신을 휩쓸었다. 악독한 팥쥐는 아니었지만 그렇다고 썩 반길만한 이도 아니었다.

마을 변두리에 홀로 사는 변태 스토커 우 씨였다. 중년이 되도록 총각인 까까머리 사내는 허구한 날 아낙들의 뒤를 밟고 훔쳐보는 음흉한 사내였다. 콩쥐도 생각지 못한 곳에서 우 씨와 마주치려는 바람에 몇 번이나 심장이 떨어질 뻔했었다. 나무 뒤 삼백안의 눈빛이 콩쥐를 휙 훑더니 저고리와 치마 사이에 드러난 맨살에 고정됐다.

"저 망나니 변태 새끼가."

참을 수 없는 화가 치밀어 올랐다. 발아래 수북이 쌓인 돌멩이 중 제일 큰 놈을 집어 들고 우 씨를 향해 힘껏 집어 던졌다.

콩쥐의 손끝을 벗어난 돌멩이가 포물선을 그리며 날아갔다.

"악!"

우 씨가 이마를 어루만졌다. 손을 내리자 퉁퉁 부은 이마에 피 한줄기가 흘러내렸다. 우 씨의 삼백안에 광기가 서렸다. 콩쥐는 덜컥 겁이 났지만 애써 내색지 않았다. 돌을 쥔 손을 휘두르며 위협했다.

"당장 꺼져버려! 한 번 더 걸리면 다음번엔 대갈통을 부숴버릴 거야. 알겠어!"

씩씩거리는 콩쥐의 협박이 먹혀들었던 것일까. 아니면 예상치 못한 돌팔매질에 겁을 집어먹은 것일까. 우 씨는 슬금 슬금 뒷걸음질 치며 물러났다. 멀어져 가는 우 씨를 바라보자 정신이 퍼뜩 들었다.

지금 이러고 있을 때가 아닌데…. 야단났네.

진물이 흐르는 손으로는 더 이상 일을 할 수 없었다.

"힝…. 히이잉. 엄마…. 엄마아아아."

애써 참으려 했지만, 아이처럼 울음이 터져 나왔다. 일단 한 번 터지자 그동안의 설움이 북받쳐 올라왔다. 콩쥐는 그 자리에 주저앉아 목 놓아 울었다. 엄마가 그리웠다. 따스하게 안아주던 엄마의 품. 따뜻한 체온. 엄마의 달큰한 체취까지.

그 순간 불현듯 머리에 스치는 것이 있었다. 엄마가 죽기 전 남겨줬던 유품. 자리에 누워 숨이 끊어지기 직전 가쁜 숨을 몰아쉬며 엄마는 아빠에게 이렇게 일렀다고 했다.

'여보. 우리 콩쥐에게 꼭 이걸 전해주오. 그리고 콩쥐가 도저히 자기 힘으로 어찌할 수 없는 고난이 있을 때 이 봇짐을 열어보라고 전해주오.'

지금이 봇짐을 풀 때라는 걸 직감했다. 콩쥐는 눈물을 훔치고 쏜살같이 집으로 달려갔다. 헐떡거리며 싸리문을 지나자 마침 언년이가 널어두었던 빨래를 걷고 있었다.

"이 시간엔 어쩐 일로?"

콩쥐는 언년이를 본체만체하고 후다닥 별채로 들어갔다. 콩쥐는 본채에서 쫓겨나 언년이와 함께 별채에서 기거 중이었다. 콩쥐는 장롱 깊은 곳에서 빛바랜 봇짐을 꺼내 다시 밖으로 달려 나갔다.

"저년이 드디어 미쳤나 보네."

어느새 저 멀리 사라져가는 콩쥐를 보며 언년이가 중얼거렸다.

3

땅바닥에 봇짐을 펼친 콩쥐는 이내 낙담했다.

봇짐 속에는 쇠로 만든 호미도, 갈퀴도 없었다.

낡고 조악하기 그지없는 잡동사니들만 가득했다. 엄마가 살아생전 썼던 것 같은 나무 빗, 조악하게 깎아 만든 목각 소 인형, 퇴리인 아빠가 썼을 것 같은 끈 없는 낡은 가죽 관모, 얼룩이 져 기능을 상실한 손거울, 말라비틀어져 앙상한 거죽만 있는 개구리, 그리고 언제 봇짐에 들어갔는지 모를 생쥐새끼까지….

"하아…. 흐흐흑."

너무나 어이가 없어 한숨과 울음이 동시에 터져 나왔다.

"아이고 어무이. 나보고 어째 살라는 말이요."

하늘을 보며 한탄하던 콩쥐에게 경천동지할 일이 생겼다.

"히이익!"

콩쥐의 눈물방울을 맞은 목각 소 인형이 울룩불룩하더니 몸집이 쑥쑥 커지는 것이 아닌가. 부풀어 오른 인형은 어느새 콩쥐의 키를 훌쩍 넘겼다.

"이, 이게 대체…."

콩쥐는 꿈인지 생시인지 몰라 눈을 비볐다. 그러나 꿈은 아닌 듯했다. 심지어 인형이던 나무 소가 고개를 돌려 콩쥐를 바라보며 음머 하고 울었다. 소의 고삐에 쟁기가 이어져 있었다. 소는 자신의 본분을 안다는 듯 천천히 걸음을 옮겼다. 소가 지나간 사이로 밭고랑이 파였고 쟁기에는 땅속에 묻혀있던 자갈들이 쌓여갔다. 눈 깜짝할 사이에 자갈이 가득했던 밭은 고운 흙밭으로 변해 있었다.

밭갈이를 마친 소는 콩쥐를 향해 한 번 더 음머 하고 운 뒤 연기처럼 사라져 버렸다.

콩쥐는 어안이 벙벙했다.

이게 무슨 조화인가.

하지만 금세 입가에 웃음이 떠올랐다.

도깨비의 장난이든 하늘의 조화든 상관없다. 일단 고비는 넘겼으니. 아아. 엄마 감사합니다.

울컥한 마음에 콩쥐의 눈시울이 붉게 물들었다.

콩쥐는 엄마의 묘소를 향해 예를 갖춰 큰절을 올렸다.

"결국 포기하고 온 게냐?"

흙투성이 옷에 붕대를 감은 콩쥐의 손을 보고 계모가 물었다. 콩쥐는 고개를 가로저었다.

"아뇨. 전부 다 맸어요."

챙그랑.

콩쥐를 보자마자 부엌에서 식칼을 가져온 팥쥐가 콩쥐의 대답에 손에서 칼을 놓쳤다.

"거, 거짓말. 어디서 거짓부렁을 하는 것이냐?!"

팥쥐가 눈을 부라리며 다그쳤다. 콩쥐는 흔들리지 않았다. 오히려 옅은 미소를 띠며 조곤조곤 대답했다.

"정말이야. 못 믿겠으면 직접 가서 확인해봐."

콩쥐의 말에 계모와 팥쥐는 꿀 먹은 벙어리가 되었다. 콩쥐는 두 사람을 뒤로하고 옷을 갈아입겠다며 별채로 들어갔다.

"대, 대체 어떻게 된 거지?"

"보아하니 허풍은 아닌 것 같은데…. 아우 짜증 나. 엄마 저년 표정 봤지? 약 올라 죽겠어."

팥쥐의 관자놀이에 핏줄이 불툭 튀어나왔다. 계모가 팥쥐의 등을 토닥이며 말했다.

"우리 딸. 조금만 참아. 엄마가 내일은 꼭 복수하게 해줄 테니. 홍홍홍.”

“진짜? 참말이우? 참말로 믿어도 되우?”

“엄마 알지? 엄마가 당한 치욕은 죽어도 갚는다는 거. 아니 배로 갚는다는 거.”

“암. 그렇지. 그건 내가 제일 잘 알지. 까르르르.”

“홍홍홍홍.”

“까르르. 까르르.”

한동안 마당에는 두 모녀의 음흉한 웃음소리가 계속됐다.

때마침 부엌 정리를 마친 언년이가 두 모녀를 보고 작게 탄식했다.

“저년들도 완전히 맛이 가버렸구나.”

고단한 하루가 지나고, 시간은 흐르고 흘러 또다시 새로운 하루가 밝았다.

동이 트자마자 자리에서 일어난 콩쥐는 루틴처럼 빨래 바구니를 머리에 이고 강변으로 향했다. 얼마 뒤 아침을 준비하던 언년이는 깜짝 놀랐다.

“마님. 시방 이, 이게 뭐시당가요?”

계모는 끙끙대며 자신의 몸집만 한 장독을 굴려서 왔다.

“묻지만 말고 어서 도와, 이년아!”

“아. 예예.”

서둘러 달려온 언년이는 계모와 힘을 합쳐 마당 한가운데에 장독을 세웠다. 장독을 유심히 살피던 언년이가 물었다.

"마님. 이 장독 못쓰것는디요. 바닥에 구멍이 나 있어라."

계모는 검지를 입에 세워 붙였다.

"쉬. 입 다물어. 밑 빠진 독에 물 붓기라고 들어는 봤느냐?"

영문을 모르는 언년이는 고개를 절레절레 흔들었다.

"홍홍홍. 됐다. 됐어. 어서 조반이나 마저 차리고 외출준비를 하여라. 옆 마을에 큰 장이 섰는데 남사당패가 그리 흥겹다더라."

아침 식사를 마친 계모와 팥쥐는 콩쥐가 오기를 기다렸다. 때마침 콩쥐가 젖은 빨래 바구니를 머리에 이고 돌아왔다.

콩쥐가 빨래 바구니를 대청마루에 내려놓고 일렀다.

"어머니, 빨래 다 마쳤어요."

콩쥐가 저고리 소매로 얼굴의 땀을 닦아냈다.

"빨래를 마쳤으면 어서 빨랫줄에 널어야지. 그것까지 내가 일일이 알려주랴?"

"죄, 죄송해요. 어머니."

표독스러운 계모의 말에 콩쥐의 얼굴이 뻣뻣하게 굳었다.

"어서 널고, 요 장독에 물을 채워 넣어라. 우린 잠시 외출했다 신시쯤 돌아올 터이니 그 안에 모두 채워야 한다. 알겠니?"

네 하며 힘없이 대답한 콩쥐는 곧바로 마당을 가로지른 빨랫줄에 빨래를 널기 시작했다. 뜨거운 햇살을 받으며 빨래를 너는 콩쥐의 이마에 식은땀이 맺혔다. 오늘 아침도 묽은 미음으로 끼니를 때운 탓인지 몸에 힘이 돌지 않고 현기증이 밀려왔다.

그때였다. 난데없이 눈꺼풀 뒤로 번개가 번쩍였다. 뒤통수에 충격을 받은 콩쥐가 앞으로 고꾸라졌다. 오른뺨이 마당 흙바닥에 처박히면서도 무슨 일이 일어난 건지 알 수가 없었다.

"아이고 아야."

영문도 모른 채 오른뺨에 박혀 든 흙을 털어내고 불룩하게 혹이 난 뒤통수를 어루만지자 등 뒤에서 다짜고짜 호통을 치는 팥쥐의 목소리가 들려왔다.

"네 이년! 내가 먹으려고 둔 찹쌀떡을 누가 훔쳐 먹었나 했더니 바로 네 년이렷다."

"떠, 떡이라니?"

팥쥐가 미쳤나. 어제에 이어 이건 또 무슨 귀신 씻나락 까먹는 소리인가.

팥쥐는 어안이 벙벙한 콩쥐의 볼때기를 죽 잡아당겼다.

"못된 년. 이 뽀얗고 새하얀 볼을 봐. 혼자서 몰래 찹쌀떡을 처먹다 떡에 붙은 가루가 묻은 게 분명해."

팥쥐는 볼때기를 잡은 채 다른 손으로 콩쥐의 반대 뺨을 냅다 후려갈겼다. 팥쥐가 뺨을 휘갈기는 파열음이 마당에 울려 퍼졌다. 이를 본 계모는 깔깔대며 배를 잡고 웃어댔다. 콩쥐의 눈가에 눈물이 핑 돌았다. 팥쥐에게 맞은 새하얗던 뺨이 금세 새빨갛게 물들었다.

"아느야. 나 아느야…"

팥쥐에게 볼을 잡힌 콩쥐는 눈물을 질질 흘리며 연신 손사래를 쳤다. 팥쥐가 볼에서 손을 떼자마자 콩쥐는 바닥에 무너져 내렸다. 주저앉은 콩쥐 앞에 나무 물동이가 떨어졌다. 씩씩대는 팥쥐가 허리에 손을 얹고 일렀다.

"오늘 신시까지 장독에 물을 채워. 만약 다 채우지 못하면 거짓말을 한 네년의 볼을 칼로 도려내 줄 테니. 명심해. 알겠지?"

고개를 들어 마주 본 팥쥐는 흉악한 도깨비 얼굴을 하고 있었다.

콩쥐는 울며 겨자 먹기로 고개를 끄덕일 수밖에 없었다.

망연자실한 콩쥐를 두고 장에 갈 채비를 마친 계모와 팥쥐, 언년이는 집을 나섰다.

한참 동안 주저앉아 훌쩍이던 콩쥐가 부스스 일어났다. 울고 있을 시간이 없었다. 이미 해가 머리 위를 지난 지 한참이었다. 콩쥐는 마당에 널브러진 물동이를 들고 터덜터덜 강변으로 향했다. 이윽고 콩쥐는 물이 가득 담긴 물동이를 머리에 이고 집으로 돌아왔다. 소매로 이마의 땀을 훔친 뒤 물이 가득 찬 물동이를 독에 쏟아부었다. 콩쥐가 힘겹게 떠온 물이 순식간에 시커먼 독 안으로 사라졌다.

"어머! 에그머니나."

버선이 흠뻑 젖어 무심코 아래를 내려 본 콩쥐는 눈이 휘둥그레졌다. 힘들게 길어온 물이 독 바닥에서 그대로 빠져나왔다. "하이고. 독 바닥에 구멍이 났구나." 해도 너무했다. 어제는 나무 호미를 주고 김을 매라더니 오늘은 밑 빠진 독에 물을 채우라니. 이대로는 팥쥐에게 꼼짝없이 얼굴 가죽이 벗겨질 것이다. 도깨비 같던 팥쥐의 얼굴이 뇌리를 스쳐 갔다. 겁에 질려 몸이 부르르 떨렸다.

"히이잉."

콩쥐 눈에 눈물이 차오르던 찰나 엄마의 봇짐이 떠올랐다.

"분명 봇짐 안에 무슨 수가 있을 것이야."

콩쥐는 신발도 벗지 않고 별채로 뛰어 들어가 봇짐을 풀었다. 뭐 먹을 게 있다고 붙어있는 건지 아직도 도망가지 않은 생쥐까지 봇짐 속 물건들은 그대로였다. 콩쥐는 온갖 잡동사니 중 말라비틀어진 미라 개구리를 집어 들었다. 일종의 감이랄까. 왠지 이 개구리가 목각 소 인형처럼 신묘한 조화를 부릴 것만 같았다.

밖으로 나온 콩쥐는 미라 개구리를 꼭 쥔 채 눈을 감고 기도했다.

"엄마. 도와주세요…." 그리고 개구리를 독 안에 던져 넣었다.

"오오오!" 정말로 얼마 지나지 않아 독 안에서 개굴개굴 개구리 울음소리가 들려왔다. 콩쥐는 안도의 한숨을 쉬고 물동이에 남은 물을 다시 독 안에 쏟아부었다.

더 이상 독에서 물이 새지 않았다. 되살아난 개구리가 독에 난 구멍을 막고 있는 듯했다.

"엄마, 고마워요."

함박웃음을 지은 콩쥐가 제자리에서 팔짝팔짝 뛰었다.

그 순간 기쁨에 찬 콩쥐는 몰랐다. 몸을 숨긴 채 콩쥐를 주시하고 있는 시선을….

콩쥐는 무더운 더위 속에 수십 차례 강변을 오가며 독에 물을 부었다. 마침내 해가 서산에 걸릴 즈음 독에 물이 찰랑거릴 정도로 물이 채워졌다.

"살았다."

콩쥐는 뛸 듯이 기뻤다.

오늘 하루도 무사히 생명을 부지할 수 있었다.

4

그날 저녁 장에서 돌아온 계모와 팥쥐가 분노에 몸을 떤 것은 말할 것도 없었다.

얼굴이 울그락불그락 달아오른 계모는 뒤껼에서 도끼를 가져와 콩쥐가 온종일 힘들게 채운 독을 단번에 내리쳐 깨부숴 버렸다. 마당에 산산조각이 난 독의 잔해들은 콩쥐가 손수 치워야 했다.

그날 밤.

루틴처럼 강변으로 밤 산책을 다녀온 콩쥐가 별채에 들었다. 언년이는 손톱에 작은 붓으로 무언가를 칠하고 있었다.

"언니. 뭐 하는 거예요?"

언년이는 집에서 부리는 하인이었으나 콩쥐는 자신보다 나이 많은 언년이를 하대하지 않고 언니라 불렀다.

콩쥐의 물음에 언년이는 붓질에 열중한 채 대답했다.

"오늘 장에서 사 왔어. 이걸 바르면 손에 윤기가 나고 섬섬옥수로 보인대."

과연 언년이 말대로 단정하게 자른 손톱이 호롱불에 반짝거렸다.

"언니. 저도 한 번만 바르면 안 돼요?"

순간 언년이가 몸을 홱 돌리며 도끼눈을 치떴다.

"힘들게 종노릇 하며 모은 돈으로 산 거야. 건드리기만 해봐. 가만 안 둘 테니."

무안한 콩쥐는 대답도 못 하고 돌아누웠다.

언년이는 방바닥에 튄 손톱들을 손바닥으로 모았다.

한편, 본채에 있던 계모와 팥쥐는 끝탕을 했다. 콩쥐를 죽이려고 파놓은 함정들을 보기 좋게 피해 가니 분통이 터지는 것이다.

"엄마, 대체 어떻게 된 일이죠? 내 속상해 죽겠수."

계모도 스스로 주먹 쥔 손으로 가슴을 쳤다.

"말도 마라. 나도 미치겠으니…. 이러다 화병 나겠어. 하이고."

갑자기 팥쥐가 계모에게 얼굴을 들이대고 조용히 속삭였다.

"그냥 이런저런 핑계 댈 것도 없이 제가 쥐도 새도 모르게 죽여 버릴까요?"

"관아에서 조사를 나올 텐데…. 뭐 어디 수사를 피해 갈 좋은 수라도 있더냐?"

팥쥐는 간교하고 사악한 미소를 지어 보였다.

"엄마. 제 걱정일랑 붙들어 매세요. 좋은 묘책이 떠올랐습니다. 까르르르륵."

"홍홍홍. 역시 우리 딸!"

"까르르 까르륵."

"홍홍홍."

한동안 두 모녀의 음흉한 웃음소리가 계속됐다.

본채에서 흘러나오는 모녀의 웃음소리에 별채를 나온 언년이가 이마를 짚었다.

"하아. 이 집안에는 정상인 인간이 없고만."

다음 날 밤. 하늘에는 청명한 보름달이 떴다.

고단한 노역을 모두 마친 콩쥐는 이경이 되기 십 분 전 강변으로 산책하러 나갔다.

너무나 습하고 더워 잠을 이룰 수 없던 언년이는 잠을 포기하고 마당에 있는 평상에 나가 앉았다. 본채에는 호롱불에 비친 팥쥐의 그림자가 닫힌 맹장지에 맺혀있었다. 고개를 푹 숙인 채 미동 없는 그림자를 보며 앉은 채로 조는구나 싶었다.

"참나. 문은 꽉 닫아놓고 덥지도 않나."

그나마 닫힌 창호 문 옆으로 난 작은 창문이 열려 있었다. 하지만 위아래로 여닫을 수 있는 창문은 나뭇가지로 아래 창틀에 받혀서 여는 방식으로 창문이 열려 있다고 해도 바깥바람이 방 안으로 들어가기엔 턱없이 부족했다. 언년이는 직접 팥쥐를 이부자리에 눕히고 문을 열어줄까 싶었지만, 괜히 졸고 있는 팥쥐를 깨웠다 지랄발광을 부릴까 봐 우려되어 그만뒀다.

"그래. 그냥 신경 끄자. 꺼."

계모는 이른 저녁부터 옆 마을 지인 댁에 마실을 나가 돌아오지 않았다.

아무래도 계모가 올 때까지 뜬눈으로 밤을 새워야 할 듯싶었다.

"젠장. 마님은 언제 돌아오는지 말이라도 해줘야 안 기다리지. 하여튼 지들만 아는 이기적인 사람들이라니까."

언년이가 구시렁거렸다. 그러다 곧 마음을 바꿔 먹었다.

아니다. 차라리 잘됐다.

평상에서 일어선 언년이가 엉덩이를 툭툭 털었다.

잠시 후, 별채에 들어갔다 나온 언년이의 관자놀이에서 난 땀이 목 언저리로 흘러내렸다. 망할 놈의 열대야라며 투덜댔지만 어찌할 방법이 없었다. 그때 옆집에 사는 몸종 막순이가 요강을 비우러 나왔다. 막순이는 평상에 앉아있는 언년이를 보자 반가워하며 건너왔다. 평소 친하게 지내던 막순이와 함께 두런두런 평상에 앉아 주인을 씹어댔다.

그때 멀리서 이경을 알리는 종소리가 울렸다.

언년이와 막순이는 이야기를 잠시 끊었다. 문제는 그다음부터였다. 종소리가 끝나자마자 찢어지는 비명이 울려 퍼졌기 때문이다. 톤이나 목소리로 보아 여자의 비명이었다. 언년이와 막순이는 서로의 얼굴을 쳐다보고 귀를 기울였지만 더 이상 비명은 이어지지 않았다. 뭔가 찜찜했지만 대수롭지 않게 여긴 둘은 다시 잡담을 이었다.

강변으로 산책하러 나갔던 콩쥐는 돌아오지 않았고, 팥쥐가 있던 본채의 불은 이경에서 한 식경(30분)이 지난 즈음 꺼졌다. 막순이도 그즈음 집으로 돌아갔고 언년이 역시 콩쥐가 없는 텅 빈 별채에서 홀로 잠자리에 들었다.

옆 마을에 간 계모는 동이 트고 나서야 집으로 돌아왔다.

5

금방 돌아오겠다며 강변으로 산책하러 나간 콩쥐는 결국 돌아오지 않았다.

계모와 팥쥐는 군식구가 줄었다며 기뻐했다. 콩쥐의 일까지 떠맡은 언년이만 인상을 찌푸렸다.

한데 콩쥐의 실종과 함께 마을에는 기이한 소문이 돌기 시작했다.

이른 새벽, 포졸들과 강변을 순찰하던 원님이 낡은 꽃신이 신긴 잘린 발목을 발견했고, 찹쌀떡처럼 하얗고 복숭아처럼 탐스러운 발목에 흠뻑 빠져버렸다는 것이다.

며칠 뒤, 벽보에 붙은 방을 보고 나서야 마을 사람 모두가 이것이 뜬소문이 아니었음을 깨달았다.

방의 내용은 이랬다.

강둑에서 발견된 진달래 꽃신을 신은 잘린 발목의 주인을 찾는다. 살아있다면 원님과 혼례를 치를 것이며, 죽은 시신이라도 상관없다는 내용이었다.

마을 사람들은 삼삼오오 모여 수군댔다. 원님이 예전부터 절단된 시신의 일부 혹은 숨이 끊긴 직후의 시신에서 성욕을 느끼는 이상 성애자라는 소문이 사실이었다고.

수군대는 사람들 사이로 목을 죽 빼 밀고 방을 뚫어져라 쳐다보는 이가 있었으니. 바로 팥쥐였다.

방의 내용을 달달 외울 정도로 본 팥쥐는 부리나케 집으로 뛰어 들어왔다.

"엄마. 엄마엄마엄마. 큰일, 큰일이 났소."

평상에 앉아 부채질하던 계모는 눈이 휘둥그레졌다.

"아이고 우리 딸 숨넘어가겠네. 대관절 무슨 일인데 그리 오두방정을 떨며 들어오누?"

"냉, 냉수. 언년아 냉수."

헉헉대며 숨을 토해내던 팥쥐는 언년이가 건넨 냉수 한 사발을 마시고 잠시 숨을 골랐다. 그리고 계모에게 저잣거리에서 본 방의 내용을 이야기했다. 천천히 이야기를 듣던 계모의 눈이 더욱 커졌다.

"정말… 괜찮겠어?"

계모의 물음에 팥쥐가 크게 고개를 끄덕였다.

팥쥐의 계략은 이랬다.

콩쥐가 강변으로 산책하러 나간 바로 그 날 새벽에 발견된 발목은 무조건 콩쥐의 발목이라는 것. 게다가 잘린 발목에 신겨 있던 진달래 꽃신과 똑같은 여분의 꽃신 한 쌍이 집에 있다는 것. 고로 실종된 콩쥐를 대신해 팥쥐 자신이 콩쥐 행세하면 된다는 것이었다.

팥쥐에게 자초지종을 들은 계모는 서둘러 준비를 시작했다.

한 식경 뒤. 별채에는 진풍경이 펼쳐졌다.

별채 방바닥에 콩쥐가 쓰던 이불이 깔려있었다. 팥쥐는 그 위에 두 다리를 드러내놓고 입에는 나뭇가지 다발을 꽉 물었다. 계모는 팥쥐의 등 뒤에서 겨드랑이 사이로 팔을 집어넣어 움직이지 못하도록 상체를 꽉 붙들었다. 언년이는 뒤꼍에 있던 도끼를 가져와 천장에 닿을 정도로 높이 쳐들었다.

언년이는 대체 내가 왜 이런 일을 해야 하냐며 투덜댔지만 단번에 묵살됐다.

한 번.

단 한 번에 성공해야 했다.

숨 막히는 긴장감이 별채에 가득 찼다. 팥쥐의 관자놀이에 맺힌 땀이 볼을 타고 주르륵 흘러내렸다. 막걸리 한 사발을 들이부었지만 알딸딸하긴커녕 온몸의 신경세포가 날카롭게 곤두섰다. 이제 곧 다가올 고통의 공포에 정신을 차릴 수가 없었다.

"딱딱딱딱딱."

입에 문 나뭇가지에 이빨이 맞부딪치는 소리가 방안을 채웠다.

"정신 차려야 한다." 계모의 말에 팥쥐는 나뭇가지를 꽉 깨물었다. 천천히 심호흡한 팥쥐가 손바닥을 위에서 아래로 휘둘렀다.

팥쥐의 신호에 맞춰 서슬 퍼런 도끼날이 쏜살같이 떨어졌다.

"끄으으으으윽!"

장작이 쪼개지는 소리와 함께 끔찍한 비명이 터져 나왔다. 팥쥐는 고통을 이겨내지 못하고 졸도했고 계모는 서둘러 피가 뿜어져 나오는 종아리에 붕대를 감았다. 피 묻은 이불과 잘린 발목은 아무도 모르게 처리한 뒤였다.

한 식경이 지나자 비명을 지르며 팥쥐가 정신을 차렸다. 팥쥐는 식은땀에 흠뻑 젖어 안색이 몹시 창백했다.

"아가. 정신이 좀 드니?"

계모가 안절부절못하여 물었다. 팥쥐는 차마 소리 내지 못하고 입만 달싹였다. 다시 눈을 감으려던 팥쥐가 갑자기 떠오른 듯 목소리를 짜냈다.

"발… 목은…."

"발목하고 이불은 언년이가 부엌 아궁이에 태워버렸으니 걱정 안 해도 돼. 넌 아무 생각 말고 좀 더 쉬어. 아이고. 이 식은땀 좀 봐."

그제야 마음을 놓은 팥쥐는 눈을 감고 이내 잠들었다.

팥쥐는 한 시진(2시간)을 더 누워있다 일어났다. 그리고 계모의 만류에도 불구하고 휘청거리며 성한 발에 콩쥐가 여분으로 갖고 있던 진달래 꽃신을 욱여넣었다.

"정말 괜찮겠니?"

팥쥐는 퀭한 눈으로 계모에게 고개를 끄덕여 보였다. 몰골이 말이 아니었지만, 그 눈빛 속에는 불굴의 의지가 타오르고 있었다.

"아가는 꼭 꽃가마 탈 수 있어. 이 어미는 아가가 돌아오기만을 기다릴게."

팥쥐는 닭똥 같은 눈물을 펑펑 흘리는 계모를 뒤로하고 언년이의 부축을 받아 관아로 향했다. 계모는 동구 밖까지 절뚝거리는 팥쥐를 배웅했다.

"뉘시오."

외삼문을 지키던 포졸이 팥쥐와 언년이를 보고 경계하여 물었다.

"내가 바로 원님이 찾는 여식이오. 원님께 그리 일러주시오."

포졸은 팥쥐 종아리의 피 묻은 붕대를 보자 화들짝 놀라 안으로 뛰어 들어갔다. 곧이어 관아는 발칵 뒤집혔다. 팥쥐와 언년이는 포졸의 안내에 따라 관아 안으로 들어갔다. 너른 마당에 들어서자 저 앞 사령청 기와지붕 아래 관모를 쓴 원님이 앉아있었다. 밝게 빛나는 안광과 수려한 외모에 팥쥐는 고통도 잊은 채 숨을 삼켰다.

"그대가 꽃신 발목의 주인이렷다."

중저음의 그윽한, 그러면서도 위엄이 깃든 목소리였다. 팥쥐는 고개를 조아리고 대답했다.

"그렇사옵니다. 강변 가에 사는 팥쥐라 하옵니다."

평소와 다른 교태 어린 목소리에 언년이는 원님 앞인 것도 잊고 질린 표정을 지었다.

원님은 앉아있던 나무 의자의 팔걸이를 '탁' 치고 옆에 선 이방을 향해 외쳤다.

"여봐라. 발목을 이리 가져오너라."

"예이."

염소수염을 기른 이방이 허리 숙여 대답했다. 이윽고 포졸 두 명이 커다란 술통을 가져왔다. 그중 한 포졸이 술통 안에서 조심스레 삼베 뭉치를 꺼냈다. 삼베를 천천히 벗기자 마침내 잘린 발목이 드러났다. 핏기 하나 없는 창백한 발목에 묻은 술 방울이 햇빛에 반사돼 반짝거렸다. 꽤 시간이 흘렀음에도 발목의 상태는 놀랍도록 멀쩡했다. 방금 잘라낸 발목이라 해도 믿을 수 있을 정도였다. 아마도 독주에 보관하고 있었던 탓이리라.

이제 증명의 시간이 다가왔다.

사령청에는 숨 막히는 긴장감이 감돌았다. 포졸들이 침을 꼴깍 삼키는 소리가 들릴 정도로 적막함 속에 모든 이의 시선이 팥쥐에게 집중됐다.

팥쥐는 처연한 얼굴로 크게 숨을 내쉬었다. 그리고 스스로 종아리에 묶은 피가 흥건한 붕대를 풀었다. 마침내 종아리의 깨끗하게 잘린 단면이 드러났다.

"헉!"

여기저기서 숨을 삼키는 소리가 터져 나왔다.

팥쥐는 떨리는 손으로 잘린 발목을 자기 종아리 단면에 문댔다. 아직 신경이 살아있는 상처에 엄청난 고통이 엄습했다. 새빨갛게 핏발선 팥쥐의 눈에서 눈물이 줄줄 흘렀다. 이빨을 앙다문 팥쥐는 온통 인상을 구겼다. 이제 막 피딱지가 졌던 팥쥐의 종아리 단면에서 다시 피가 줄줄 흘러내려 맞댄 발목을 적셨다.

"자, 자. 보십시오. 이 발목은 제 발목이 맞습니다." 팥쥐가 원님을 향해 외쳤다. 언년이의 부축을 받고 있음에도 팥쥐의 몸은 사시나무 흔들리듯 휘청거렸다. 팥쥐는 안간힘을 쓰며 애써 미소를 지어 보였다.

"그럼 방에 붙은 약조대로 혼례를…."

그 순간, 팥쥐의 말이 끝나기도 전에 원님이 자리에서 벌떡 일어나 소리쳤다.

"네 이년! 당장 그 입을 다물어라."

옆에 선 이방이 거들었다.

"어느 안전이라고 거짓된 입을 함부로 놀리느냐. 여봐라. 당장 저년을 포박하라."

명령이 떨어지기 무섭게 포졸 둘이 팥쥐의 양팔을 결박했다. 놀란 팥쥐가 눈을 부라리며 외쳤다.

"나, 나리. 무슨 말입니까. 제가 무슨 잘못을 했다고요. 억울합니다. 아야. 당장 이거 놔라. 나는 장차 원님의 아내가 될 몸이시다."

거칠게 저항하던 팥쥐의 눈이 순간 한 곳에 고정됐다. 옆에서 어정쩡하게 서 있던 언년이도 입이 떠억 벌어졌다.

잠깐의 정적.

그 정적을 깨트린 것은 팥쥐의 경악에 찬 목소리였다.

"살… 살아 있었던 게냐…."

팥쥐의 시선이 멈춘 곳에 서 있는 사람.

그 사람은 바로 목발을 짚은 콩쥐였다. 콩쥐는 안타까운 눈으로 팥쥐를 바라봤다. 콩쥐를 스윽 둘러본 원님이 다시 외쳤다.

"네 이년. 네가 보는 그대로 콩쥐는 살아있었다. 콩쥐를 해하려 한 범인을 잡기 위해 수를 쓴 것이니라. 고얀 년 같으니라고! 벽보에 붙인 방 어디에도 잘린 발목이 오른발이라는 말은 하지 않았다. 오른 발목이 잘렸다는 사실도 철저하게 함구했었다. 넌 어찌 알고 오른발을 잘라 온 것이더냐?"

팥쥐는 꿀 먹은 벙어리처럼 언년이를 바라봤다. 원님은 틈을 주지 않고 다그쳤다.

"네년이 천하에 둘도 없는 자매를 강물에 빠트려 죽이려 했고 그것도 모자라 사리사욕으로 성한 발목까지 잘랐으렷다. 오냐. 이번엔 발목 말고 이 몸이 손수 네년의 목을 쳐 죽여 버리겠다. 여봐라. 당장 이년의 목을 칠 작두를 가져오너라!"

원님의 말을 받아 이방이 간사한 목소리로 외쳤다.

"작두를 대령하라신다."

팥쥐는 다리를 질질 끌며 포졸들에 의해 끌려갔다. 흙바닥 위로 팥쥐 종아리에서 흐른 피가 한 줄로 이어졌다. 한쪽 발로 제대로 저항도 못 하던 팥쥐가 눈을 부라리고 다급히 외쳤다.

"자매를 죽이다뇨? 제, 제가 말입니까? 천부당만부당한 말씀입니다. 하늘에 맹세코 전 콩쥐를 죽인 일이 없어요. 제 말좀 들어주세요. 콩쥐가 집을 나가던 날 전 방에서 한 발짝도 나가지 않았어요." 동공이 흔들리는 팥쥐와 언년이의 눈이 마주쳤다. 팥쥐가 언년이를 가리키며 말했다. "어, 언년이가 알아요. 제가 잠이 들기 전까지 언년이가 마당에서 떠드는 소릴 똑똑히 들었습니다."

원님의 날카로운 눈빛이 언년이를 향했다.

"그 말이 사실이렷다. 콩쥐의 말로는 이경 즈음 복면을 쓴 괴한에게 봉변당했다고 했다." 원님은 언년이에게 시선을 옮겼다. "지금 팥쥐가 하는 말이 사실이렷다."

언년이가 바닥에 넙죽 엎드린 채 크게 고개를 끄덕였다.

"네네. 맞아요. 맞습니다요."

언년이는 그날 밤 콩쥐가 산책하러 나간 이후부터 마당에서 막순이와 만난 뒤 잠자리에 들기까지의 일을 소상히 아뢰었다. 원님은 생각에 잠긴 듯 자기 턱수염을 어루만졌다.

"흐음. 그렇다면 범인은 하늘로 솟거나 땅으로 꺼지기라도 했다는 말인가."

그때 콩쥐의 뒤에서 굵은 목소리가 흘러나왔다.

"팥쥐가 범인이 분명하옵니다. 제게 팥쥐를 심문할 기회를 주십시오."

난데없는 목소리에 팥쥐의 고개가 홱 돌아갔다. 머리를 땅에 조아린 언년이도 고개를 들었다.

"너… 넌…"

콩쥐의 뒤에 서 있는 이는 팥쥐도, 언년이도 익히 알고 있는 자였다. 팥쥐는 떨리는 손가락으로 그자를 가리키며 말을 이었다.

"동네 아낙이나 몰래 훔쳐보는 변태 새끼가 아니더냐. 네 놈이 어찌하여 이곳에 있는 것이냐." 팥쥐는 핏발 선 눈으로 원님에게 고했다. "원님, 어찌 된 연유로 이곳에 있는지는 모르겠습니다만 이 우가 놈은 별 볼 일 없는 변태 새끼이옵니다. 아니, 그러고 보니 저놈의 거처가 바로 콩쥐가 사라졌던 강변 근처 움막입니다. 저놈, 저놈이 범인이 분명합니다."

그때 우두커니 서 있던 우 씨가 크게 웃음을 터트렸다.

"핫핫핫. 끅끅. 끅."

배를 움켜쥐며 웃어대던 우 씨가 말을 이었다. "나도 눈이 있소. 내 비록 아낙을 훔쳐봤을지 몰라도 네년은 절대 훔쳐보지 않았을 것이외다."

그 말에 앞에 선 콩쥐가 우 씨를 돌아보며 작게 속삭였다.

"아버님도 참. 농이 지나치십니다."

"아, 아버지이이이이?!"

팥쥐는 진심으로 놀란 듯 말끝을 늘어트렸다. 우 씨는 담담하게 이야기를 시작했다.

"그렇소. 내가 콩쥐의 생물학적 아비요. 사실 나는 명산대찰의 승려였소." 우 씨는 잠시 먼 산을 물끄러미 바라봤다. "부처님을 모시고 불도를 닦던 어느 날. 아이를 간절히 원하던 조씨 부인이 사찰을 찾아왔소. 불경스럽게도 정성을 다해 기도하는 부인에게 난 가져서는 안 될 연심을 갖고 말았소. 부인의 발길이 이어지면서 나는 느꼈소. 부인도 내게 연심이 있다는 것을 말이오." 우 씨는 자신의 까까머리를 쓰다듬었다.

"결국 조씨 부인과 난 넘어서는 안 될 선을 넘었소. 백일 기도가 끝나자 부인의 배가 불러왔소. 얼마 뒤, 배가 부른 조씨 부인과 최 씨가 날 찾아왔소. 영문을 모르는 남편 최 씨는 내게 연신 감사 인사를 했소. 부처님의 은공이라면서 말이오. 순진하게 웃는 최 씨를 바라보면서 더 이상 승려 생활을 해서는 안 된다고 생각했소. 결국 승복을 벗고 속세로 내려왔소이다."

우 씨는 땅이 꺼지라 한숨을 내쉬었다. 콩쥐가 조용히 옷소매로 흐르는 눈물을 찍었다. 원님과 이방, 포졸들도 고개를 돌려 몰래 눈물을 닦았다.

"콩쥐를 낳고 몸이 급격히 쇠약해진 조씨 부인은 세상을 떠났소. 최 씨는 콩쥐가 자기 씨가 아닌 것을 눈치채고 나를 잡아 족치겠다며 집을 뛰쳐나갔소. 아마도 콩쥐가 커가면서 자신과 전혀 닮지 않은 외모를 의심했을 것이오."

우 씨가 앞에 선 콩쥐의 어깨에 스윽 손을 올렸다.

"나는 속세에 은둔하고 있었지만 홀로 남아 구박받는 콩쥐를 외면할 수가 없었소. 내 딸이니까 말이오. 언제나 한 발짝 물러서서 콩쥐를 지켜봤소. 그래서 보름달이 뜬 그날 밤, 발목이 잘려 강물에 빠진 콩쥐를 가까스로 구해낼 수 있었던 거요."

팥쥐가 새끼손가락으로 귀를 파며 말했다.

"무슨 개풀 뜯어먹는 소리요. 친부는 친부고 당신이 무슨 주제로 나를 심문한다는 것이오."

우 씨가 팥쥐를 손가락으로 가리키며 말했다.

"내 짚이는 것이 있지. 그날 밤 난 강둑에서 눈물을 훔치는 콩쥐를 보았소. 그때 탁 트인 강둑 양옆으로 접근하는 사람은 아무도 없었소. 안타깝게도 잠시 변소를 다녀온 사이 콩쥐에게 괴한이 접근하는 것을 보았소. 괴한은 콩쥐네 집 뒤에서 강변으로 난 오솔길에서 다가와 콩쥐를 해하고 다시 오솔길로 도망치는 것을 이 두 눈으로 똑똑히 봤소이다. 그날 밤 계모는 출타 중이었고 팥쥐의 집을 통해 뒷길로 드나든 타인은 없었소."

그때, 가만히 듣고 있던 원님이 끼어들었다.

"가만. 자네 말과 언년이의 진술을 종합해 보면, 콩쥐가 집 뒷길로 난 오솔길로 산책하러 나간 뒤 이경쯤 뒤따라온 범인에게 해를 입어 강물에 빠졌고 범인은 다시 집으로 통하는 오솔길로 도망쳤소. 그런데 정작 집에 있던 팥쥐는 방에서 나온 적이 없고, 언년이 또한 이경에 막순이와 함께 있었다. 집 뒤편은 강변으로 난 오솔길 외에는 길이 없고. 범행 시간대 집 정문 싸리문으로 들어와 마당을 거쳐 오솔길로 드나든 외부인은 아무도 없었다는 말인즉슨 이 사건은 피해자만 있고 범인은 없는 불가능 범죄라는 말이 아니더냐!"

우 씨는 팥쥐에게서 시선을 돌려 원님에게 머리를 조아렸다.

"제게 심문의 기회를 주십시오. 제가 팥쥐의 알리바이를 깨트려 불가능 범죄를 해결해 보이겠습니다. 평소 콩쥐를 괴롭혀왔던 팥쥐는 가장 유력한 용의자입니다. 지금 당장 저년의 집에 들어가 샅샅이 조사할 수 있도록 윤허하여 주십시오."

원님이 천천히 고개를 주억거렸다.

"그리하여라."

눈치 빠른 이방이 앵무새처럼 포졸들에게 명령했다.

"그리하라신다."

명령받은 포졸들이 우르르 사령청을 달려 나갔다.

한 시진 뒤. 포졸들이 커다란 보자기를 한 아름씩 안고 돌아왔다. 돌아온 포졸 중 하나가 이웃 마을에 찾아가 계모의 알리바이가 이상 없음을 아뢰었고 이웃집 막순이를 만난 포졸이 언년이의 진술에 거짓이 없음을 확인했다. 널따란 마당에 보자기 속 물건들이 차례로 깔렸다. 경대, 엽전, 노리개, 은수저와 젓가락부터 밥그릇까지. 온갖 물건들이 줄을 이었다. 마침내 포졸이 보자기에서 때 묻은 봇짐을 꺼내자 우 씨의 눈이 번뜩였다.

포졸이 봇짐을 바닥에 펼쳤을 때 우 씨가 크게 외쳤다. "잠깐!" 우 씨의 말에 보자기에서 줄지어 물건을 꺼내오던 포졸들의 손이 일제히 멈췄다. 우 씨가 펼쳐 놓은 봇짐으로 다가갔다.

"지금부터 보름달 밤 네년의 만행을 낱낱이 밝혀주마."

엎드린 채 우 씨를 지켜보던 팥쥐가 화들짝 놀랐다. 그녀의 어깨가 가늘게 떨렸다. 우 씨가 허리를 굽혀 봇짐에서 뭔가를 들어 올렸다.

"넌 바로 이걸 쓰고 방안을 빠져나왔다."

우 씨의 손에는 다 낡아 군데군데 실로 기운 관모가 들려 있었다.

우 씨의 돌발행동에 팥쥐가 웃음을 터뜨렸다.

"픕. 낡아빠진 관모 아니냐. 그게 어쨌다는 것이냐. 난 그 물건을 본 적도 없다."

우 씨는 팥쥐의 조롱 섞인 말 따위는 안중에 없다는 듯 스스로 관모를 머리에 얹었다. 그러자 사령청에 있던 모두가 입을 떠억 벌리고 눈을 비볐다.

마당 한가운데 서 있던 우 씨가 감쪽같이 사라진 것이다. 포졸들이 두리번거리며 바로 앞에 있던 우 씨를 찾았으나 아무도 우 씨를 찾을 수 없었다. 그때 허공에서 우 씨의 목소리가 들렸다.

"저는 승려 시절 전국을 떠돌며 수행했습니다. 그 덕에 조선팔도에 숨어있는 진귀한 보물들을 얻을 수 있었죠. 전 콩쥐가 태어나기 직전 이 보물들을 조씨 부인에게 전했습니다. 가지고 있으면 언젠가 콩쥐에게 큰 도움이 될 것이란 생각에서였죠."

우 씨가 갑자기 모습을 드러냈다. 손에는 끈 없는 관모가 들려있었다. "이 보물은 도깨비감투라 합니다. 보신 것처럼 머리에 쓰면 모습을 감출 수가 있지요."

"호오라." 원님이 진심으로 탄복한 듯 감탄했다. 우 씨가 말을 이었다.

"네년은 이 감투를 써 모습을 감추고 열려 있던 창문으로 나가 콩쥐를 해한 것이다."

팥쥐가 눈을 부라리며 반박했다.

"그래. 백번 양보해서 네 말대로 그랬다 치자. 언년이는 창호 문에 내 그림자가 비쳤다고 했다. 그건 어떻게 설명할 것이냐."

"어차피 그림자 아니더냐. 베개에 적당히 옷을 입혀 그럴 듯하게 만들면 그만이다."

팥쥐는 어이가 없어 말문이 막혔다. 그러나 원님은 진실을 간파당해 말을 잃었다고 생각했다. 원님은 지체 없이 사령봉을 휘둘렀다.

"여봐라. 당장 저년의 목을 쳐라."

다가오는 포졸을 보며 팥쥐가 악다구니를 썼다.

"잠, 잠깐만. 창문은 나 혼자 겨우 빠져나갈 수 있는 크기인 건 맞다. 하지만 창틀과 창문 한가운데 나 있는 구멍에 나뭇가지로 받치는 방식, 즉 창틀에 걸쳐놓은 나뭇가지를 치우지 않고는 난 결코 빠져나갈 수가 없다고." 팥쥐가 언년이를 보고 말했다. "이경을 알리는 종소리 전후로 나뭇가지, 아니 창문이 움직인 적이 있더냐? 어서 대답해보아라."

언년이는 새파래진 얼굴로 고개를 가로저었다.

"없었습니다요…."

팥쥐가 억울함에 피눈물을 흘리며 우 씨를 노려봤다.

"이래도 도깨비감투 타령을 하는 것이냐."

팥쥐의 반격으로 순식간에 전세가 역전됐다. 팥쥐에게 다가오던 포졸들이 우물쭈물했다. 이쯤 되자 우 씨는 고민에 빠졌다. 실제로 창문은 팥쥐가 간신히 나갈 수 있는 크기였다. 더군다나 팥쥐가 있던 본채는 마당으로 난 창호 문과 문 옆의 작은 창문뿐이었다. 도깨비감투 트릭은 사용할 수 없는 것이다. 결정적으로 팥쥐가 덧붙인 말에 팥쥐가 범인이라는 우 씨의 확신이 깨져버렸다.

"이 감투는 여태껏 본 적이 없어. 저 감투가 있던 봇짐도 난 처음 본다고."

분노에 차 피눈물을 흘리는 팥쥐의 말이 거짓 같아 보이지 않았다. 우 씨는 머리가 복잡해졌다. 순간 우 씨의 뇌리에 스치는 것이 있었다.

"잠깐. 그렇다면 팥쥐 네년은 콩쥐의 잘린 다리가 오른쪽 이라는 것을 어떻게 알았다는 것이냐."

그제야 팥쥐는 눈물을 펑펑 흘리며 언년이를 지목했다.

"난 모르오. 바로 저년이 도끼로 내 발목을 잘랐단 말이오."

모두의 시선이 팥쥐가 가리키는 손가락 끝으로 쏠렸다. 언년이는 흠칫 놀라 머리를 땅바닥에 처박고 덜덜 떨었다.

"모릅니다. 전 모릅니다요. 그저 팥쥐가 시키는 대로 잘랐을 뿐입니다요."

그때 언년이의 정돈된 반짝이는 손톱이 우 씨의 눈에 들어왔다.

아뿔싸. 우 씨는 뒤통수를 크게 맞은 듯 큰 충격을 받았다. 그제야 머릿속에서 흩어져있던 퍼즐이 하나, 둘 들어맞기 시작했다. 우 씨는 마음속의 혼란을 눈치 채지 못하도록 침착하게 한 번 숨을 고른 뒤 포졸에게 물었다.

"이 봇짐을 가져온 곳이 어디요? 본채요?"

포졸은 두 손을 모으고 공손하게 말했다.

"아닙니다. 봇짐은 별채 장롱 깊숙한 곳에 있었습니다요."

그러자 우 씨가 재차 물었다.

"혹시 봇짐을 펼쳐 본 자는 없었소?"

"봇짐은 제가 가져왔습니다만 펼쳐보지 않고 그대로 가져왔습니다요."

"그렇다면 혹 집에서 가져온 물건 중 생쥐는 없었소?"

고개를 조아린 포졸이 화들짝 놀라 번쩍 고개를 들었다.

"아니, 나리는 어떻게 그걸 아십니까? 별채 퇴청 마루 아래 죽은 생쥐 사체가 있었습니다요. 가져올까 말까 고민했는데 전부 다 가져오라는 분부에 제가 챙겨왔습죠."

포졸은 가슴팍에서 조그만 보자기를 꺼내 펼쳤다. 과연 그의 말대로 보자기 안에는 숨이 끊어진 작은 생쥐가 있었다. 생쥐의 사체는 온통 상처투성이였다. 우 씨의 눈이 이글이글 타올랐다. 그 눈빛이 언년이에게 향했다. 우 씨는 땅바닥에 머리를 처박은 언년이에게 성큼 다가가 머리채를 확 붙잡았다. 우 씨를 보고 있던 모두가 깜짝 놀랐다. 갑작스레 고개가 들린 언년이가 놀란 눈으로 우 씨를 쳐다봤다.

"잡았다 요년!"

언년이의 얼굴에 금세 공포가 서렸다. 언년이는 머리채를 붙잡힌 채 고개를 마구 휘저었다.

"아니에요. 저… 저 아니에요…."

우 씨는 자기 얼굴을 언년이의 얼굴 가까이 가져갔다.

"거짓말 마라 요년아. 넌 우연히 봇짐 속에 보물이 있다는 사실을 알아챘어. 숨길 줄 모르는 콩쥐 성격이라면 봇짐에 범상치 않은 물건이 들어있다는 건 쉽게 알았을 테지. 아마도 물에 닿으면 되살아나는 미라 개구리를 사용했을 때겠군. 목각 소 인형을 쓰던 돌밭은 내가 지켜보고 있었으니 말이야." 언년이가 눈깔을 되룩되룩 굴렸다. 우 씨는 언년이의 눈치를 슬쩍 보고 말을 이었다. "봇짐 속에 있던 생쥐 말이야. 그건 그냥 평범한 쥐가 아니야. 너도 알지?"

언년이는 우 씨의 눈을 피해 고개를 저었다. 우 씨는 언년이의 머리채를 다시 세게 틀어쥐었다.

"그날 네년의 행적을 내가 소상히 알려주마."

언년이는 눈을 질끈 감았다. 그러자 고여 있던 눈물이 두 볼을 타고 흘러내렸다. 우 씨가 말을 이었다.

"이경 직전 콩쥐가 산책하러 나가고 별채는 텅 비었어. 계모는 집을 비웠고, 팥쥐는 본채에 틀어박혔지. 그 순간 넌 떠올린 거야. 콩쥐의 봇짐을. 평상에 앉아있던 넌 별채에 들어가 봇짐을 뒤졌어. 그때 봇짐 속에 있던 생쥐를 보고 넌 깜짝 놀랐겠지. 그런데 진짜 놀랄 일은 그다음부터였어."

언년이의 얼굴에 절망의 빛이 감돌았다. 모두가 우 씨의 말을 숨죽여 들었다.

"방안을 돌아다니던 생쥐가 네년이 잘라놓은 손톱 조각을 먹었던 거야. 그러자 생쥐는 네년과 똑같은 모습으로 둔갑했지. 핫핫핫. 어떻게 그럴 수 있냐고? 그 생쥐는 우연히 봇짐에 들어간 보통 생쥐가 아냐. 손톱이나 발톱을 먹은 사람의 모습으로 둔갑하는 생쥐란 말이다. 얼마나 똑같으냐면 손톱 주인의 목소리나 말버릇까지 똑같이 모방하는 신통한 생쥐이지. 그러니 평소 친하게 지내던 막순이조차 구분할 수 없었을 게야. 애초에 막순이는 예상치 못한 변수였어. 그 변수가 네년의 알리바이를 더욱 견고하게 만들었지만 말이야. 넌 둔갑 생쥐를 평상에 앉히고 뒷길로 빠져나가 콩쥐를 해쳤다. 그리고 몸을 숨긴 채 팥쥐가 잠자리에 들고 막순이가 돌아간 뒤, 둔갑 생쥐가 별채에 들 때까지 기다렸어. 범행 흉기인 도끼는 잘 닦아 뒤꼍에 두고 넌 싸리문 밖으로 고양이를 구하러 갔겠지." 잠자코 듣던 언년이가 흠칫 놀랐다. "죽은 생쥐의 상처를 보면 필시 고양이가 할퀸 상처. 넌 천적인 고양이를 잡아다 별채에 풀어 놓아 자고 있던 둔갑 생쥐를 죽인 것이야."

우 씨는 콩쥐와 이방, 포졸들을 차례로 둘러본 뒤 마지막으로 원님에게 말했다.

"제 추리는 저 죽은 생쥐가 증명할 것입니다. 당장 생쥐의 배를 갈라 주십시오. 가른 생쥐의 배에는 분명 저년의 손톱이 남아있을 것입니다."

원님이 사령 봉을 더욱 크게 휘두르며 외쳤다.

"여봐라. 당장 생쥐의 배를 갈라 보아라."

"배를 가르라신다."

앵무새 같은 이방의 말에 생쥐를 들고 있던 포졸이 과도로 천천히 생쥐의 배를 갈랐다. 뱃속을 손가락으로 휘적거리던 포졸이 마침내 피 묻은 손을 하늘 높이 들었다.

"있습니다. 손톱이 있습니다요."

그 순간 관아에 있던 모두가 감탄과 기쁨의 탄성을 내뱉었다. 단, 팥쥐와 언년이 두 사람을 제외하고 말이다. 머리채를 잡은 우 씨의 힘이 느슨해진 찰나. 언년이가 우 씨를 힘껏 밀쳤다. 갑작스러운 공격에 우 씨는 속절없이 뒤로 넘어갔다. 머리칼을 풀어헤친 언년이는 벌떡 일어나 지켜보는 모두에게 삿대질했다.

"이 망할 연놈들아. 콩쥐는 머저리 바보에다 팥쥐와 계모는 욕심만 가득 찬 병신들이었다. 하나씩 죽이고 재산을 훔치려 했건만. 아쉽고 아쉽구나…."

그런 언년을 향해 원님이 다급하게 외쳤다.

"당장 저년을 찢어 죽여라!"

언년은 자신을 향해 다가오는 포졸들을 피해 휘리릭 땅바닥을 구르더니 바닥에 있던 감투를 낚아챘다.

"하하하. 다음 생에서나 보자. 이 병신들아."

언년이 곧바로 감투를 머리에 쓰자 모습이 감쪽같이 사라졌다. 언년을 향해 돌진하던 포졸들이 서로 부딪쳐 우스꽝스럽게 넘어졌다.

"큭큭큭큭. 오합지졸들이 따로 없구나."

두리번거리며 갈피를 못 잡는 포졸들 사이로 언년이의 비웃음이 울려 퍼졌다. 관아는 순식간에 아수라장이 됐다. 급기야 사령청 의자에 앉아있던 원님도 장검을 빼 들고 마당으로 내려왔다.

그때 잠자코 상황을 지켜보던 우 씨가 재빨리 외쳤다.

"모두 침착하십시오. 감투가 무척 낡아 색실로 기운 흔적이 있습니다. 밤이라면 어두워서 안 보이겠지만 지금 같은 한낮이라면 분명 붉은 색실을 찾아낼 수 있습니다."

"쳇!"

허공에서 작게 혀를 차는 소리가 들렸다. 그와 동시에 원님이 소리쳤다.

"옳거니 여기로구나."

원님이 허공을 향해 크게 장검을 휘둘렀다.

다음 순간 외마디 비명이 이어졌다.

"크윽."

모습을 드러낸 언년이의 머리에서 떨어진 감투가 땅바닥을 데구르르 굴렀다. 두 눈을 부릅뜬 언년이의 얼굴에 사선으로 붉은 줄이 갔다. 곧이어 줄 사이로 붉은 피가 흘러내리고 얼굴의 절반이 매끈한 절단면을 타고 스르륵 미끄러졌다. 절단된 얼굴이 땅바닥에 떨어지는 동시에 맹렬한 속도로 피가 솟구쳤다. 피 분수가 잦아들 무렵 돌처럼 굳어있던 언년이의 몸이 풀썩 쓰러졌다.

"와아!"

그 순간 모두가 환호성을 질렀다.

포졸들이 일제히 만세를 불렀다. 원님과 콩쥐는 서로 얼싸안고 기뻐했다. 우 씨는 그런 콩쥐를 흐뭇하게 바라봤다. 팥쥐는 그 틈을 타서 오른 다리를 질질 끌고 기어가다가 포졸에게 뒷덜미를 붙들렸다.

그렇게 콩쥐 발목 상해 사건은 일단락됐다.

6

포졸들이 들이닥쳐 집안의 모든 살림들을 쓸어간 뒤 계모는 팥쥐가 돌아오기를 오매불망 기다렸다.

어느덧 시간이 지나 해가 뉘엿뉘엿 질 무렵 문밖에서 한참을 기다리자 마침내 저 멀리서 포졸 하나가 다가오는 것이 보였다. 포졸은 아무 말 없이 계모에게 자색 비단으로 곱게 싼 보자기를 건넸다.

'드디어 팥쥐가 원님의 눈에 들어서 내게도 선물을 보내왔구나.'

계모는 기뻐하며 서둘러 보자기 매듭을 풀었다.

보자기를 벗기자 한지로 만든 커다란 바구니가 있었다.

계모의 심장이 쿵쾅쿵쾅 뛰었다.

계모는 떨리는 손으로 조심스레 바구니 뚜껑을 열었다.

"에그머니나!"

깜짝 놀란 계모가 뚜껑을 하늘 높이 던졌다.

평소 심장이 좋지 않던 계모는 너무나 놀란 나머지 그대로 졸도했다.

뒤이어 펄떡이던 계모의 심장이 뚝 하고 멈췄다.

바구니 안은 온통 피투성이였다.

안에는 두 눈을 시퍼렇게 뜬 목 잘린 팥쥐의 머리가 정면을 노려보고 있었다.

나무꾼의
대위기

옛날하고도 먼 옛날.

한 산골 마을에 홀어머니를 모시고 사는 마음씨 착한 나무꾼이 살고 있었다.

효심이 지극하고 심성이 착해 마을 사람들 모두가 나무꾼을 좋아했지만, 나무꾼에겐 아무도 모르는 비밀이 하나 있었다. 몰래 숨어 사람들을 엿보는 취미가 있었다.

타인에 대한 순수한 호기심이랄까. 아니면 고약한 성적 도착증일까.

연유는 상관없었다.

나무꾼의 관음증은 시간이 지날수록 심각해졌고 급기야 남녀노소를 막론하고, 시도 때도 가리지 않게 되었다.

혼기를 훌쩍 넘겨 서른이 넘도록 노총각인 나무꾼을 어머

니는 답답해했다. 하지만 혼인에 관심이 없는 나무꾼의 속사
정은 제 어미도 알지 못했다.

낙엽이 빨갛게 물들어 가는 어느 청명한 가을날.
　등에는 지게를, 오른손에는 도끼를 든 나무꾼이 싸리문 앞
에서 외쳤다.
　"어머님. 다녀오겠습니다."
　"잠깐. 잠깐만."
　백발의 허리가 굽은 노파가 헐레벌떡 부엌에서 뛰어나왔
다. 피죽도 못 먹었는지 피골이 상접한 노파의 마른 나뭇가
지 같은 손에는 사발 하나가 들려있었다.
　"아이고 조심하세요, 어머님. 그러다 넘어지겠어요."
　"힘쓰러 가는데 아침이라도 먹어야 하지 않겠니." 노파가
건넨 사발 안에는 김이 모락모락 피어오르는 멀건 팥물이 담
겨있었다. 노파는 미안하다는 듯 말했다. "줄게 이것밖에 없
어 미안하구나…."
　"아녜요. 이걸로도 충분합니다. 하하."
　나무꾼은 뜨거운 팥물을 들이켰다. 목구멍 속으로 뜨거운
물이 식도를 훑고 위장으로 내려갔다. 타는 듯한 통증에 나
무꾼의 눈에 눈물이 차올랐다.
　벌써 몇 년째 전국적으로 흉작이 이어지고 있었다.

사람들의 민심은 최악으로 치달았다. 너도나도 지출을 줄이기 위해 돈주머니를 졸라맸다. 나무꾼이 내다 파는 땔감 역시 그런 시류의 직격타를 맞았다.

장터에서 허탕을 치는 날이 이어지고. 부엌의 곡식 항아리는 바닥이 드러났다.

산나물로 버티는 것도 하루 이틀.

고심하던 어머니는 급기야 베갯잇을 찢고 속을 채웠던 팥알을 꺼냈다.

얼마간은 팥죽으로 근근이 목숨을 연명할 수 있었다. 하지만 이제 그마저도 바닥난 것이리라.

얼마나 재탕을 한 것인지 멀건 물에 떠 있는 팥 껍질 몇 개를 보니 나무꾼의 억장이 무너졌다.

"아이고 뜨거운데…. 후후 불어서 천천히 먹지."

"네…네. 어머니."

광대가 그대로 드러난 노파의 얼굴. 움푹 들어간 눈에는 생기가 하나도 없었다.

아. 어머님은 계속 굶고 계셨었구나….

미안한 표정을 짓는 노파를 보는 나무꾼의 눈에서 주르륵 눈물이 흘러내렸다.

"아이고. 괜찮니? 내가 아무 생각 없이 너무 뜨겁게 줬나 보구나. 잠시 기다려라. 내 얼른 냉수라도 떠올게."

놀란 노파가 급히 부엌으로 뛰어 들어갔다.

나무꾼은 팥물 사발을 내려놓고 지게와 도끼를 챙겨 조용히 집을 빠져나갔다.

"오늘은 꼭 질 좋은 나무를 잘라 장터에 내다 팔리라."

좋은 목재를 얻기 위해 나무꾼은 산속 깊은 곳까지 들어갔다.

커다란 향나무를 발견한 나무꾼은 지게를 내려놓고 자리를 잡았다. "퉤. 퉤." 손바닥에 침을 뱉고 도낏자루를 세게 틀어쥐었다.

향나무 밑동으로 힘차게 도끼를 휘두르려는 찰나.

나무꾼의 귓가에 희미한 발굽 소리가 들렸다. 호기심이 동한 나무꾼은 자르려던 향나무 뒤에 숨어 소리가 나는 쪽을 살폈다. 나무꾼의 시선에 저 멀리 우거진 수풀이 움직거리는 것이 보였다.

나무꾼은 자기도 모르게 숨을 죽였다. 그동안 수많은 경험을 통해 체득한 관음적 기술이었다. 이윽고 수풀을 가르고 사슴 한 마리가 걸어 나왔다. 머리에 자란 뿔로 보아 이제 막 성인이 된 사슴 같았다. 고개를 두리번거리며 주변을 경계하는 사슴의 왼쪽 목 언저리가 붉은 피로 얼룩져있었다.

상처를 입었구나. 천적의 습격을 받았나.

사슴이 가여웠으나 그저 묵묵히 훔쳐보기로 마음먹었다. 어차피 모습을 드러내면 도망칠 것이 분명했다. 사실 천적에게 산채로 잡아먹히는 사슴을 지켜보는 게 더 흥분될 것도 같았다.

'바스락.'

이런 젠장.

사슴을 좀 더 자세히 지켜볼 요량으로 걸음을 옮기던 나무꾼이 실수로 마른 나뭇가지를 밟았다. 나무꾼의 짚신에 나뭇가지가 부러지며 바스락 소리를 냈다.

순간 귀를 쫑긋거린 사슴이 나무꾼을 향해 고개를 홱 돌렸다.

나무꾼과 사슴의 젖은 눈망울이 딱 마주쳤다. 바로 도망칠 것이라는 예상과는 달리 사슴은 곧바로 나무꾼이 몸을 숨긴 향나무로 걸어왔다.

"나리, 나리. 간청이 있습니다."

"!!!!"

나무꾼은 자신도 모르게 향나무를 돌아 나왔다. 앳된 목소리로 말한 것은 다름 아닌 사슴이었다.

"사냥꾼이 절 뒤쫓고 있어요. 살려만 주신다면 꼭 은혜를 갚겠습니다."

'그것도 그것이지만 지금 사람의 말을 하는 것이냐.'라는 질문을 꿀꺽 삼켰다. 보기와는 달리 영물이로다. 간절해 보이는 사슴의 간청에 나무꾼은 마음이 동했다.

"그래. 알겠다. 우선 저 바위 뒤에 몸을 숨기거라. 사냥꾼은 내가 상대해보마."

사슴은 고개를 끄덕인 뒤, 나무꾼이 가리킨 바위 뒤로 몸을 숨겼다. 곧이어 사슴이 나타났던 방향에서 거대한 몸집의 사냥꾼이 나타났다. 호피 무늬 조끼에 수염이 덥수룩한 사냥꾼의 인상은 몹시 사나웠다.

"훅훅. 안녕하시오. 혹시 이쪽으로 들짐승 한 마리가 오지 않았소? 핏자국이 이쪽으로 향하고 있는데 말이오."

한 손에 조총을 쥔 채 숨을 헐떡이는 사냥꾼을 보자 나무꾼은 저절로 오금이 저렸다. 나무꾼의 눈동자가 좌우로 흔들렸다.

"아아…. 사, 사슴 말이오? 상처 입은 사슴 한 마리가 이쪽으로 오긴 왔소만."

"오오. 그래 그 사슴 어디로 갔소?"

나무꾼은 바위를 등진 채 손가락으로 사슴이 숨어있는 바위 뒤를 가리켰다.

"사슴은 이 오솔길을 따라 저 능선을 넘어갔소."

"아! 그새 그렇게 멀리 도망쳤나. 알았소. 고맙소이다."

사냥꾼은 능선을 향해 급히 뛰어갔다. 멀어져가는 사냥꾼을 바라보며 나무꾼은 생각했다.

멍청하긴. 눈치 하난 더럽게 없구나.

눈앞에서 사냥꾼이 사슴의 멱을 따는 장면을 기대했건만 사냥꾼은 급히 능선 너머로 사라져버렸다. 사슴을 잡게 한 대가로 고기 한 덩이를 얻을 수도 있었을 터였다.

다소 아쉬운 목소리로 나무꾼이 말했다.

"사냥꾼은 멀리 갔다. 이제 나와도 될 것이야."

바위 뒤에서 사슴이 고개를 쭉 내밀었다.

"오오. 감사합니다. 나리." 통통 튀어나온 사슴이 나무꾼 앞에 머리를 조아렸다. "제 목숨을 살려주셨으니 은혜를 갚게 해주세요."

"뭐. 난 별 상관없다만. 그래. 어떻게 은혜를 갚을 것이냐."

"나리, 혹시 정인이 있습니까?"

나무꾼은 사슴의 뜬금없는 질문에 당황했다.

"아, 아직… 혼자다."

"그러실 줄 알았습니다."

"뭐라?!"

자존심 상한 나무꾼이 역정을 냈다. 사슴은 아랑곳 하지 않고 중요한 이야기를 시작하려는 듯 텅 빈 숲속을 이리저리 살피며 목소리를 낮췄다.

"지금부터 제가 하는 말을 잘 들으세요. 선녀와 혼인하는 비책을 알려드리겠습니다."

"서… 선녀라고?"

사슴의 말에 나무꾼의 눈빛이 전에 없이 빛났다.

나무꾼은 땀을 뻘뻘 흘리며 경사진 암벽을 올랐다.

아무래도 오늘 나무를 하긴 틀린 것 같았다.

"사슴 놈한테 농락당하는 건 아니겠지."

사슴이 나무꾼의 귓가에 속삭인 말은 직접 듣고도 좀처럼 믿기 힘든 말이었다.

'이 산에 올라가시면 깎아지른 암벽이 나올 거예요. 워낙 험준한 곳이라 사람들은 얼씬도 안 하는 그 암벽을 올라가세요. 암벽 끝에 평평한 구릉이 있고 바위가 갈라진 틈으로 조그만 개울이 흐를 거예요. 개울물을 거슬러 올라가다 보면 바위들에 둘러싸인 작은 선녀탕이 나올 겁니다. 그 선녀탕을 둘러싼 바위틈에 몸을 숨기고 기다리세요.'

'기다리면?'

'하늘에서 선녀들이 탄 두레박이 내려올 거예요. 선녀들은 일주일에 한 번, 그 계곡에 와서 목욕하는데, 나리는 목욕하느라 벗어놓은 선녀의 날개옷 한 벌을 훔쳐서 숨기세요. 날개옷이 없어 하늘로 돌아가지 못한 선녀를 집으로 데려가 혼례를 올리고 살면 돼요. 그리고 훔친 날개옷은 꼭 집에다 숨

기셔야 합니다. 다른 곳에 숨기면 눈치 빠른 선녀가 찾을지도 몰라요.'

말을 마친 사슴은 나무꾼에게 꾸벅 인사를 하고 깊은 산속으로 사라졌다.

직접 들었지만, 도저히 믿기 힘든 말이었다. 사람의 말을 하는 사슴이 아니었다면 '예끼 이 사람아!' 하며 면박을 줬을지도 모르는 허무맹랑한 소리였다.

나무꾼은 반신반의했지만 갈 수밖에 없었다.

하늘의 여식과 짝을 맺으면 자신의 이상 성욕을 극복할 수 있을 것 같았다. 타인을 훔쳐보며 홀로 늙어 죽을 수는 없는 노릇 아닌가. 그럼에도 불구하고 벌거벗은 선녀의 목욕 장면을 상상하지 않을 수가 없었다.

넓은 이마로 연신 비지땀이 흘렀다. 한복 저고리 등짝이 축축하게 젖어 거슬렸다. 하지만 나무꾼은 암벽타기에 온 힘을 다했다. 이제 와 절벽 아래로 떨어져 죽을 수는 없는 노릇이었다. 마침내 암벽 끝에 오르자 정말로 평평한 구릉지가 펼쳐졌다. 그리고 구릉지의 바위틈으로 개울물이 흘러내렸다.

"거짓이 아니었구나. 거짓말이 아니었어."

나무꾼은 소매로 땀을 닦아내고 개울을 거슬러 다시 산기슭을 올라갔다.

얼마나 걸어 올라갔을까. 계란 썩는 냄새가 약하게 나기 시작했다. 나무꾼이 냄새를 따라 올라가니 드디어 사슴이 말한 선녀탕이 보이는 듯했다.

깎아지른 절벽 아래 기암괴석들에 빙 둘러싸여 물이 고인 못은 40평 정도 됨직했다. 절벽에서 떨어지는 폭포는 없었다. 선녀탕 바닥에서 지하수가 솟아 나오는 것일까. 그 물들이 둘러싼 바위틈에 싸여 빠져나가지 못하고 연못처럼 고인 것 같았다. 서늘한 가을 날씨에도 물의 온도가 꽤 높은지 자욱하게 김이 피어올라 앞을 분간하기 힘들었다.

나무꾼은 눈을 가늘게 뜨고 김이 서린 탕을 지켜봤으나 움직임은 없었다.

아직 선녀탕 안에 아무도 없는 듯했다.

"휴우. 정말로 선녀탕이 있었군. 근데 이 지독한 냄새는 뭐람."

나무꾼이 인상을 찌푸렸으나 곧 익숙해졌다. 그러고 보니 사시사철 뜨거운 물이 솟아오르는 온천에서는 계란 썩는 냄새가 나더라는 것을 들어본 적이 있는 것 같았다.

뭐 냄새야 참으면 그만. 중요한 건 그게 아니다.

나무꾼은 선녀탕을 빙 둘러본 뒤, 몸을 숨기기 가장 좋아 보이는 커다란 바위 뒤에 숨었다. 바위와 바위틈으로 탕을 가장 잘 들여다볼 수 있는 최적의 장소였다.

아직 시작도 안 했건만 벌써 나무꾼의 피가 끓어올랐다.

흥분되는 마음에 심장이 펄떡펄떡 요동쳤다.

때마침 나무꾼이 숨어있는 바위가 전부 뒤덮일 정도로 커다란 그림자가 드리웠다. 나무꾼이 하늘로 고개를 들었다.

"왔구나!"

과연 구름에서부터 시작된 밧줄에 매달린 두레박이 내려오고 있었다. 이내 두레박은 선녀탕 전체를 덮을 정도로 그림자를 드리우며 땅으로 내려왔다. 나무꾼이 알고 있던 우물물을 뜨는 작은 두레박이 아니었다. 두세 사람은 너끈히 들어갈 수 있을 정도로 커다란 크기였다. 두레박의 깊이 때문에 얼굴은 보이지 않았지만, 얼핏 양 갈래로 땋은 가체가 보였다.

아. 한 명이구나. 두, 세 명이 내려오면 취향대로 골라잡으려 했건만 조금 아쉬운 마음이 드는 건 어쩔 수가 없었다.

"어라." 나무꾼이 서둘러 바위 뒤로 몸을 숨겼다.

선녀를 태운 두레박이 곧장 나무꾼이 있는 쪽으로 내려왔다. 두레박은 나무꾼이 숨어있는 바위 바로 너머에 착륙했다. 이어서 선녀가 벗은 날개옷이 나무꾼이 숨은 바위 바로 위에 걸쳐졌다. 나무꾼이 고개를 들어 날개옷을 바라보며 마른침을 꿀꺽 삼켰다. 날개옷이 오묘한 빛깔을 내며 반짝거리고 있었다.

잠시 후, 선녀탕에 커다란 물소리가 났다. 바위 뒤 나무꾼에게까지 물방울이 튀었다.

"앗싸! 들어갔구나." 나무꾼은 기회를 틈타 바위틈 사이로 얼굴을 파묻었다.

안개처럼 자욱한 수증기 때문에 자세히 보이지 않았지만, 선녀가 탕 중앙으로 천천히 멀어지고 있었다. 물 밖에 노출된 어깨에서 수면으로 떨어지는 곡선이 너무나 아름다웠다. 풍성한 숱의 머리칼도 윤기가 났다. 어느새 나무꾼의 아랫도리가 빳빳해졌다. 그때 맞은편 바위 사이로 사슴 머리가 불쑥 튀어나왔다. 나무꾼이 걱정된 사슴이 직접 와본 것이리라.

나무꾼의 뇌리에 사슴의 말이 스쳤다.

'선녀의 날개옷 한 벌을 훔쳐서 숨기세요.'

그래, 이렇게 넋 놓고 있을 때가 아니다. 일단 날개옷이 먼저다.

나무꾼이 사슴에게 엄지를 추켜세웠다. 사슴이 하얀 이빨을 드러내고 씨익 웃은 뒤 몸을 돌려 사라졌다.

아쉬운 나무꾼은 탕 안의 선녀를 한 번 더 눈에 담아두고 바위에 있던 날개옷을 슬쩍 저고리 안에 넣었다. 얼마나 가벼운지 무게감이 들지 않았다. 나무꾼은 품 안의 날개옷을 감싸 안고 기어 나와 하류로 흐르는 개울을 따라 산기슭을 내려갔다. 단숨에 구릉지에 도달했을 때 나무꾼은 발걸음을 우뚝 멈췄다.

이거 너무 오래 걸리겠는걸. 이러다 옷이 없는 선녀가 감기라도 걸리겠어.

사슴은 날개옷을 꼭 집에 숨기라고 했지만, 굳이 집까지 갈 필요는 없을 것 같았다.

"뭐…. 괜찮겠지."

잠시 고민하던 나무꾼은 날개옷을 꺼내 땅에 묻고 자갈을 쌓아 나무꾼만 알 수 있는 표식을 남겼다.

"하핫. 그럼 다시 가볼까."

나무꾼이 히죽 웃더니 빠르게 산기슭을 거슬러 올라갔다

과연 선녀를 걱정하는 마음에서였는지 아니면 훔쳐보는 재미를 놓칠 수가 없었는지는 오직 나무꾼만이 알고 있으리라.

어찌 됐든 나무꾼은 날다람쥐처럼 산길을 뛰어올라 삼 분 만에 선녀탕으로 돌아왔다.

축지법을 썼다고 해도 과언이 아닌 시간이었다. 숨이 턱까지 차오른 나무꾼은 애써 호흡을 가다듬고 다시 바위 사이에 이마를 딱 갖다 붙였다.

수면에서 피어오른 수증기가 공기 중에 산산이 흩어졌다. 탕 안쪽으로 물기를 머금은 갈대 머리가 고개를 까딱거렸다. 잠시 바람에 수증기가 걷힌 사이 탕 가운데 선녀가 눈에 들어왔다.

옳거니. 늦지 않았구나.

선녀는 아직 목욕 중이었다.

혈기 왕성한 삼십 대의 힘이 발휘됐다. 나무꾼의 아랫도리로 몸의 피가 쏠렸다. 뒷모습이라 다소 아쉽긴 했지만, 이것도 감지덕지다. 나무꾼은 선녀의 뒷모습에 시선을 고정한 채 주섬주섬 허리춤에 묶은 바지 끈을 풀었다.

흘러내린 바지가 발목에 내려간 순간, 나무꾼이 두 눈을 부릅떴다.

선녀가 한순간 물속으로 사라져 버렸다.

스스로 물속에 잠수한 모양새가 아니었다. 정신을 잃고 쓰러진 것처럼 부자연스러웠다.

덜컥 겁이 났다. 뜨거운 탕에 너무 오래 있어 혼절한 것인가. 저러다 정신을 못 차리면 어쩐다. 당장 뛰어 들어가야 하나.

온갖 생각들이 밀려들어 다리를 들썩이며 안절부절못했다. 이내 나무꾼의 걱정이 현실이 되었다. 나무꾼이 우물쭈물하는 사이 선녀의 몸이 수면 위로 떠 오른 것이다. 매끈한 등짝과 보름달 같이 솟아오른 엉덩이가 하늘을 향한 채로 말이다.

더 이상 고민할 겨를이 없었다.

일단 사람은 살리고 봐야 하지 않는가. 나무꾼은 그대로 바위를 타고 넘어 탕 안으로 뛰어들었다. 생각보다 뜨거운 물에 정신이 번쩍 들었다. 나무꾼은 지체 없이 머리를 물속에 담그고 팔을 휘저어 선녀탕 중앙으로 헤엄쳤다. 마침내 나무꾼의 손에 선녀의 다리가 닿았다. 나무꾼이 선녀의 기도를 확보하기 위해 겨드랑이에 팔을 낀 순간 나무꾼은 흠칫 놀랐다. 팔에 닿은 선녀의 살결이 얼음장처럼 차가웠다. 동요할 새가 없었다. 나무꾼은 바로 엎드린 선녀의 몸을 돌린 뒤 한쪽 팔로 목을 두르고 밖으로 헤엄쳤다. 가녀린 몸이었지만 의식이 없는 선녀를 물 밖으로 꺼내는 것은 굉장한 힘이 필요했다. 나무꾼은 몇 번의 시도 끝에 선녀를 평평한 바닥 위로 들어 올렸다.

실오라기 하나 걸치지 않은 알몸의 선녀는 잠든 듯 누워있었다. 하지만 봉긋한 젖가슴은 전혀 미동이 없었다. 안색도 굉장히 어두워 한눈에 봐도 정상이 아닌 것 같았다. 심장이 뛰는지 가슴에 손을 얹어 확인하고 싶었지만 차마 알몸을 더듬을 엄두가 안 났다.

긴박한 상황에서 당황한 나머지 착란이 오기 시작했다.

"잠들었으니 깨우면 돼. 그래. 깨우면 되는 거야."

나무꾼은 다짜고짜 선녀의 귀에 대고 악다구니를 쳤다. 그래도 반응이 없자 바위 뒤에 놓았던 도끼를 가져와 돌바닥을 찧어댔다. '깡깡'거리는 쇳소리가 선녀탕에 메아리처럼 울려 퍼졌다.

나무꾼이 다시 도끼를 힘껏 들어 올린 순간,

"아차차! 이런 젠장."

땀이 밴 나무꾼의 손에서 도끼가 미끄러져 선녀탕 속으로 풍덩 빠져버렸다.

의식을 잃은 선녀도 잊은 채 나무꾼의 눈앞이 캄캄해졌다.

"하나뿐인 도끼인데…."

아아아아. 이제 밥벌이는 어떻게 한단 말인가.

그때였다. 선녀탕에서 앞을 분간할 수 없을 정도로 수증기가 피어오르기 시작했다. 이어서 대포가 터지는 '펑' 소리에 나무꾼이 화들짝 놀랐다.

"허어허허허허. 허어허허허허허허."

어디선가 들리는 너털웃음 소리가 선녀탕을 뒤흔들었다.

천지가 진동하는 웃음소리에 나무꾼이 엉거주춤 서서 좌우를 살폈다. 웃음소리는 선녀탕 쪽에서 들렸다. 마침내 자욱한 수증기가 잦아들고 탕 안에 흐릿하게 보이는 형체에 나무꾼의 입이 떠억 벌어졌다.

하얀 두루마기를 입은 백발의 노인이 가슴께까지 기른 하얀 수염을 쓰다듬고 서 있었다. 더 놀라운 것은 노인의 발끝이 잔잔한 수면에 작은 파문을 그리며 떠 있었다.

도인. 범상치 않은 도인이 틀림없었다. 덜컥 겁이 난 나무꾼이 돌바닥에 무릎을 꿇고 머리를 조아렸다.

"허어허허허. 허어허허허허허. 고개를 들라."

가슴을 후비는 도인의 말에 나무꾼이 조심스레 고개를 들었다.

도인은 내내 뒷짐을 지고 있던 왼손을 꺼내 보였다.

"헉!"

왼손에는 도끼 세 자루가 들려있었다. 그중 하나는 나무꾼이 방금 탕에 빠트렸던 바로 그 도끼였다.

도인은 이제껏 수십 번은 반복했던 말인 것처럼 눈을 감고 말했다.

"이 쇠도끼가 네 도끼냐. 이 금도끼가 네 도끼냐. 그것도 아니면 이 낡은 도끼가…." 천천히 눈을 뜬 도인의 시선이 나무꾼에서 그 옆에 누워있는 알몸 선녀에게 옮겨가면서 더 이상 말을 잇지 못했다. 도인의 하회탈 같던 눈이 순식간에 도깨비 눈으로 뒤바뀌었다.

"아… 아니! 이, 이게 무슨 일이냐!"

도인의 노기에 찬 음성이 또다시 선녀탕의 공기를 찢어발겼다.

자신을 크게 꾸짖는 목소리에 나무꾼은 머리 위로 두 손을 싹싹 빌며 읍소했다.

"상황이 이리되어 오해하셨겠지만. 저, 저도 모르는 일이옵니다. 멀쩡히 목욕하던 선녀님이 갑자기 이리 되었습니다요."

"네 이놈. 감히 산신령 앞에서 거짓을 고하는 게냐!"

나무꾼의 움츠린 어깨가 흠칫했다. 나무꾼은 손바닥을 비비는 속도를 더하며 눈물 섞인 목소리로 더듬더듬 말했다.

"그게… 그게… 사, 사슴이 시키는 대로. 전 그저… 옷을 숨기고… 훔쳐본 것밖에는….'

산신령이 나무꾼을 가리키며 소리쳤다.

"바지는 어따 벗어 버리고 속곳 차림인 네놈의 말을 정녕 믿으라는 말이냐!"

"…."

나무꾼은 꿀 먹은 벙어리가 됐다.

산신령의 말대로 하의는 달랑 속옷 한 장뿐이었다. 정신이 하나도 없는 와중에 꿇은 무릎에 작은 돌이 박혀 피가 배어 나온 줄도 모르고 있었다. 나무꾼은 돌바닥에 머리를 처박았다.

"이…이건 그…그게… 아니오라…. 억울, 억울합니다. 정말입니다. 흐흐흑."

"내가 네놈의 범행을 말해주마. 네놈은 목욕 중인 선녀를 훔쳐보다 욕정을 참지 못해 탕에 뛰어들었다. 당연히 선녀는 반항했을 것이다. 넌 선녀를 기절시키려고 선녀의 목을 졸랐다. 그러나 너무 흥분한 나머지 선녀를 죽여 버린 것이야."

"네. 네?!"

고개를 번쩍 든 나무꾼이 그제야 선녀의 목을 자세히 훑어봤다. 정말로 선녀의 목둘레에 멍 자국이 있었다. 이걸 왜 이제야 봤을까 후회했지만 이미 늦은 일. 나무꾼이 급히 변명했다.

"물에 빠진 선녀를 구하느라 제 팔로 선녀의 목을 감았을 때 든 멍입니다."

"또. 또. 거짓말! 잘 보아라. 손가락 모양으로 멍이 들었다. 넌 목을 조른 채로 헤엄쳤단 말이더냐. 아무래도 안 되겠다. 이 도끼로 네놈의 모가지를 따야겠다."

산신령이 금도끼를 들어 보였다. 서슬 퍼런 도끼날을 보며 나무꾼은 고개를 절레절레 흔들었다.

"하, 한 번만 제 말을 들어주십시오."

그렇게 나무꾼은 선녀탕까지 올라온 사연을 단숨에 이야기했다. 산신령은 예의 수염을 쓰다듬으며 심각한 표정으로 이야기를 들었다.

"오냐. 그렇다면 사슴과 사냥꾼에게 확인해보자. 하지만 그들의 말이 사실이라 해도 네가 선녀를 죽인 용의자에서 배제되는 것은 아니라는 걸 명심하여라."

말을 마친 산신령이 엄지와 검지를 튕겼다. '딱' 소리와 함께 연기가 폭발하면서 사슴과 사냥꾼이 소환됐다. 갑자기 불려온 이들은 영문을 전혀 모르겠다는 얼빠진 표정이었다. 산신령이 근엄한 목소리로 말했다.

"네 너희들에게 물을 것이 있어 이곳으로 불렀으니 이곳에
서는 진실만을 이야기해야 할 것이다."

산신령의 위엄에 사슴과 사냥꾼이 재빨리 고개를 조아렸
다. 산신령은 나무꾼의 증언을 토대로 사슴과 사냥꾼에게 조
목조목 물었다.

"제가 은혜를 갚으려고 날개옷을 숨기라고 조언은 했으나
결코 욕정에 미처 죽이라고 한 적은 없습니다."

사슴에 이어 사냥꾼이 거만하게 말했다.

"지금껏 사냥하러 다니면서 수많은 시신을 접해봤습니다.
제가 선녀의 시신을 한번 살펴보겠습니다."

"그리해 보아라."

산신령의 말에 사냥꾼이 선녀의 시신에 성큼 다가가 구석
구석 살피기 시작했다. 나무꾼은 숨죽인 채 그 모습을 지켜
봤다. 시신의 머리부터 발끝까지 둘러본 사냥꾼이 벌떡 일어
섰다.

"선녀는 죽은 게 맞습니다. 정확한 사인은 알기 힘들지만,
눈의 충혈과 목에 난 멍 자국으로 보아 액살된 것 같습니다.
어깨 아래로 전신에 약한 화상이 보이는데 뜨거운 온천에 오
래 몸을 담근 탓에 생긴 것으로 보입니다. 물론 이 화상이
목숨에 지장을 줄 정도는 아닙니다. 또 배가 부풀지 않아 물

을 마셔 익사한 것도 아닙니다. 그 외 별다른 외상은 없습니다. 나무꾼이 날개옷을 훔치고 돌아올 때까지 선녀가 살아있었으니 범인은 나무꾼이 틀림없습니다.”

나무꾼의 얼굴에 핏기가 가셨다. 이대로 있다간 틀림없이 살인범으로 몰려 죽을 판이었다.

“목을 조른 적이 없다고요. 물에서 데리고 나오느라 그랬다니까.” 사냥꾼에게 하소연했지만, 사냥꾼은 나무꾼을 외면했다. 그때 나무꾼이 뭔가 떠오른 듯 다급하게 덧붙였다.

“아, 뜨거워서. 온천물이 뜨거워서 정신을 잃고 죽은 거 아닐까요?”

산신령이 고개를 저었다.

“자네 말대로 현기증이 일어 쓰러졌다 치세. 근데 자네가 바로 구했다고 하지 않았나. 자네가 탕 중앙까지 헤엄쳐 선녀의 기도를 확보한 그 1~2분 사이에 죽었다고 말하고 싶은 겐가. 그건 무리네. 게다가 사냥꾼의 말대로 사인은 익사가 아니지 않은가.”

“아. 물이 너무나 뜨거워서 심장이 멎었다면요. 갑자기 물속에서 용암이 터졌을 수도 있잖습니까.”

“틀렸네. 자. 뜨거운 물에 심장이 멎을 정도로 심장이 약했다면 자네라면 매주 이 탕에 와서 목욕했겠는가? 더군다나 죽은 선녀는 한창 젊음이 꽃피는 때가 아닌가. 게다가 용암이 터져 나오려면 지진이 필수지. 이 중에 땅이 흔들리는 걸 느낀 사람이 있는가." 산신령이 사냥꾼과 사슴을 둘러봤다. 사슴과 사냥꾼은 대답이 없었다. 산신령이 이어서 말했다. "꼭 용암이 아니더라도 생석회를 갖다 부으면 열 반응으로 물 온도가 높아지긴 하네만. 잊지 말게, 시신은 끓는 물에 화상을 입고 숨진 게 아니라는 걸."

나무꾼은 다급하게 덧붙였다.

"그러면 냄새. 이 지독한 냄새 때문에 정신을 잃고 죽은 것 아닐까요."

"이번엔 중독사인가. 다소 유황 냄새가 난다만 자네도 멀쩡하지 않은가."

이번에는 사냥꾼이 거들었다.

"강력한 독인 청산가리를 물에 타면 사람을 죽일 만한 독가스가 발생하긴 하죠."

"그, 그렇죠. 가능한 거죠?" 나무꾼이 사냥꾼에게 동의를 구했다.

"하지만 탕 한가운데에서 청산가리를 넣을 사람이 누가 있겠소. 만약 선녀가 자살이라도 하려 했다면 굳이 탕에 청산가리를 탈 이유가 없지. 그냥 먹어 버리면 그만이니까. 더구나 이 넓은 탕에서 독가스에 숨지게 하려면 청산가리 다발을 풀어야 했을 것이고 나무꾼 자네도 무사하지 못했을 걸세."

"아아아아…."

나무꾼이 자신도 모르게 탄식했다.

나무꾼이 내놓은 모든 가설이 부정당했다. 억울해 죽을 지경이었다. 하지만 눈앞에서 벌어진 기묘한 죽음에 더 이상 반론할 말이 떨어졌다.

산신령이 기다렸다는 듯 말했다.

"자. 이제 달게 죗값을 받아라."

산신령이 손짓하자 금도끼가 스스로 허공에서 움직여 나무꾼에게로 향했다. 금도끼는 산신령의 신호를 기다리는 듯 나무꾼의 목 앞에 멈춰 섰다. 이제 산신령의 손짓 하나로 나무꾼의 모가지가 날아갈 판이었다.

막 산신령의 검지가 아래로 떨어지려던 찰나.

"잠시 실례하겠습니다."

느닷없는 목소리에 사형 집행이 중단됐다.

"누구냐? 이 중요한 순간에!"

진노한 산신령이 물었으나 사슴과 사냥꾼은 아무것도 모르는 얼굴이었고, 나무꾼은 눈을 질끈 감은 채 속곳을 적시며 실금을 하던 참이었다.

그때 사냥꾼의 다리 사이로 작디작은 미물이 쑤욱 들어왔다.

"제 할아버지 대부터 대를 이어 중요한 재판을 맡아온 토 생원이라고 합니다." 온몸이 새하얀 털로 뒤덮인 토끼였다.
"구덩이에 빠진 호랑이를 구했다가 죽을 뻔한 선비 이야기를
아시는지요. 그때 그 토끼가 바로 저희 할아버지죠. 하하. 신
령님, 제가 잠시 사건을 훑어봐도 되겠습니까?"

산신령은 난데없는 토끼의 등장에 놀랐지만, 짐짓 근엄하
게 고개를 끄덕였다.

"결과는 정해져 있다만 너의 혜안으로 다시 재구성할 기회
를 주겠노라."

토끼가 고개를 꾸벅거렸고 나무꾼은 감았던 눈을 번쩍 떴
다.

사람들의 입에서 입으로 전해져 내려오는 <토끼의 재판>
속 토끼의 손자라니. 죽음의 구렁텅이에서 한줄기 서광이 비
치는 것 같았다. 나무꾼은 소변으로 질척해진 바닥도 아랑곳
하지 않고 토끼를 향해 넙죽 절을 했다.

"토 생원님 감사합니다. 정말 감사합니다."

나무꾼은 토 생원에게 지금까지의 일들을 소상히 말했다.
토 생원은 나무꾼의 말을 들으며 사냥꾼보다 더욱더 촘촘하
게 선녀의 시신을 살폈다. 특히 시신의 얼굴을 오래도록 들
여다봤다. 나무꾼의 설명이 끝나고도 한참 동안 팔짱을 끼고
골몰하던 토끼가 드디어 입을 열었다.

"선녀는 분명 목이 졸려 살해당했습니다."

산신령이 반기며 말했다.

"옳거니. 그럼 바로 형을 집행하겠다."

공중에 뜬 금도끼가 다시 날을 번뜩였다.

그때 토끼가 손을 들었다. "잠시만 기다려주세요." 토끼가 코를 벌름거리며 말을 이었다. "하지만 나무꾼이 선녀를 죽였다는 말은 아니옵니다."

"뭐라?!"

산신령과 금도끼가 동시에 토끼를 향해 고개를 돌렸다. 사슴과 사냥꾼도 당황한 표정이었다. 토끼가 시신을 빙 둘러 걸으며 말했다.

"자. 나무꾼의 증언을 토대로 다시 하나씩 짚어 보겠습니다. 우선 선녀가 물에 빠진 것부터 시작하죠." 토끼가 선녀탕의 물에 뭉툭한 손가락을 찍어 맛을 봤다. "온천물이 굉장히 뜨겁습니다. 그 때문에 선녀는 어깨 아래로 약한 화상을 입었죠. 인간들은 아주 약한 온도에 자신도 모르는 사이 화상을 입곤 합니다. 온돌 아랫목이 일례죠. 그런데 이 온천은 낮은 온도로 지속해서 노출되는 곳이 아닙니다. 굉장히 뜨거워요. 알몸의 선녀라면 더 그렇겠죠. 이렇게 피부각질이 벗겨질 정도로 온천물 속에서 견딜 수 있었을까요?" 토끼는 잠시 쉬었다 스스로 대답했다. "분명 스스로 물 밖으로 나왔을 겁니다."

이때 사냥꾼이 거세게 반박했다.

"한낱 미물 따위가 어찌 아느냐. 난 온천물에서 몇 시간이고 버틸 수 있다."

"그럼 어디 직접 들어가 보시지요."

토끼가 온천을 손으로 가리키며 도발했다.

사냥꾼이 "이 녀석, 기다려라. 내 다녀와서 직접 네놈의 가죽을 벗겨주마."라고 외치며 냅다 온천 속으로 뛰어들었다.

토끼는 갑자기 뜨거운 물을 뒤집어쓰고 애써 비명을 참는 사냥꾼을 보며 조소했다. 그리고 사냥꾼에게 들리지 않을 작은 목소리로 말했다.

"뇌에 근육만 찬 사냥꾼이 아니라 선녀를 포함한 일반적인 여성이라면 분명 이리되도록 가만히 있진 않았을 겁니다. 자. 여기서 의문이 들죠. 그렇다면 왜 가만히 있었을까요?" 토끼가 다시 자문자답했다. "물에 있었던 선녀는 이미 의식이 없었다는 말입니다."

"헉!" 나무꾼이 숨을 집어삼켰다.

"그게 무슨 말이냐?" 산신령이 토끼를 재촉했다.

토끼가 선녀의 머리 앞에서 몸을 낮췄다.

"물에 빠진 사람은 어쩔 수 없이 숨을 쉬려고 입을 벌리게 됩니다. 물속에서 목이 졸린 상황이라면 더욱 공기를 마시기 위해 물이라도 삼키죠. 자, 이걸 보십시오."

토끼가 선녀의 입에 손가락을 쑤셔 넣어 억지로 벌렸다. 사슴과 나무꾼, 산신령이 모여들었다. 이어서 토끼가 작고 귀엽고 털이 보송한 손을 목구멍까지 푹 쑤셨다 뺐다.

"자, 제 손이 젖었나요? 아니죠. 시신의 입속은 바짝 말라 있어요. 나무꾼에게 목이 졸려 죽는 순간에도 물 한 방울을 삼키지 않았다는 말입니다."

분명 토끼의 손은 보송한 상태 그대로였다.

사슴이 반론했다. "그렇다면 선녀가 물에 빠지기 전에 목을 졸랐을지도 모르는 것 아냐?"

토끼가 뭉툭한 손가락을 좌우로 흔들었다.

"아니. 아니야. 사슴 너도 보았지만, 선녀는 스스로 탕 안으로 걸어 들어갔어. 그다음에 목을 조르려면 나무꾼이 탕에 들어간 뒤 중앙에 있는 선녀가 있는 곳까지 들키지 않고 가야만 해. 아무리 뒤돌아섰다곤 하지만 이 선녀탕은 암벽에서 떨어지는 폭포수가 모여 만들어진 탕이 아니야. 물소리도 없고 암벽에 둘러싸여 소리가 반사돼 퍼지는 구조지. 설령 소리 없이 잠수해서 접근했다 쳐도 반항하는 선녀를 공중에 띄운 채 목을 졸라 죽이기는 나무꾼이 아무리 근육질이라도 어려운 얘기야. 결국 선녀는 나무꾼이 보기 전에 이미 목이 졸려있었고 물에 빠진 순간에도 숨을 쉴 필요가 없었다는 거야."

사슴이 깔깔대고 웃어댔다.

"그렇다면 선녀가 죽어있었다는 말이네. 죽은 시신이 스스로 탕에 걸어 들어갔다는 거야? 하하하. 이렇게 말도 안 되는 이야긴 처음 듣는다."

멀리 탕 속의 사냥꾼이 영문도 모른 채 함께 웃었다.

토끼가 개의치 않고 산신령에게 말했다.

"다시 짚어 보겠습니다. 시신이 스스로 걸어 들어갈 수는 없죠. 하지만 스스로 서 있을 수는 있습니다."

"어, 어떻게 말이냐?"

"인간이나 짐승이나 숨이 끊어지고 일정 시간이 지나면 몸이 뻣뻣하게 굳게 됩니다. 저희 일가에서는 사후경직이라고 부르죠. 일반적으로 죽은 뒤 열 시간 정도가 지나면 온몸이 나무토막처럼 굳습니다. 그렇다고 썩어 문드러질 때까지 계속 굳은 채로 있는 건 아닙니다. 삼십 시간 정도가 지나면 경직이 풀리기 시작하죠." 설명하던 토끼가 눈빛을 빛냈다. "그리고 중요한 건, 온도가 올라갈수록 경직이 풀리는 시간이 짧아진다는 것입니다."

토끼의 이야기를 듣던 산신령이 침을 꿀꺽 삼켰다. 나무꾼은 얼이 나간 표정으로 토끼의 입만 바라봤다.

토끼가 회심의 미소를 지으며 말했다.

"제 가설을 말씀드리죠. 선녀는 이미 최소 이틀 전에 사망

했습니다. 사인은 목에 난 멍 자국대로 액살이겠죠. 누군가가 이 시신을 서 있는 상태로 경직될 때까지 보관합니다. 그리고 오늘, 서 있는 시신을 두레박에 태워 지상으로 내려보내죠. 그리고 경직이 풀리기 시작한 시신을 뜨거운 탕 속에 넣습니다. 물 온도에 급격히 경직이 풀린 시신은 서 있던 자세를 유지하지 못하고 물속에 빠지게 됩니다. 나무꾼이 말했던 선녀가 물에 빠지는 장면이 부자연스러웠던 이유, 그리고 물에 빠지자마자 얼마 안 있어 수면 위로 떠 오른 것도 모두 그 때문입니다."

산신령이 이해가 안 되는 듯 관자놀이를 쓰다듬으며 물었다.

"잠깐만. 말이 안 되지 않느냐. 서 있는 선녀가 두레박을 타고 내려온 것까진 이해하겠다. 그런데 탕에 들어가 중앙부까지 스스로 걸어간 건 대체 어떻게 설명할 것이냐."

"그게 문제입니다."

토끼가 순순히 인정했다.

"그럼 이제껏 네가 떠든 말들이 모두 궤변이었다는 거야?"

이때다 싶은 사슴이 토끼를 공격했다.

토끼는 이들에게서 몸을 돌려 천천히 선녀탕을 주욱 훑어봤다. 저 멀리 탕 속에서 열이 올라 붉은 얼굴이 터지기 일보 직전인 사냥꾼이 뭐라 뭐라 지껄이고 있었다.

토끼가 나직이 입을 열었다.

"여러분들은 느끼셨는지 모르겠습니다만 이곳에 오고부터 계속 제 마음에 거슬리는 것이 있었습니다."

"그게 무엇이더냐. 어서 말해 보아라."

산신령이 재촉했다.

토끼가 천천히 탕을 따라 왼쪽으로 걸음을 옮겼다. 그리고 성기게 자라있는 갈대 앞에서 우뚝 걸음을 멈췄다.

"바로 이것입니다."

토끼가 말을 마치자마자 탕 안쪽에 있던 갈대들을 한 손에 잡고 쑤욱 뽑았다.

그 순간 선녀탕에 있는 모두가 경악에 휩싸였다.

갈대 다발 끝을 입에 문 여성이 낚싯줄에 걸린 물고기처럼 물속에서 딸려 나온 것이다.

양 갈래로 땋은 가체와 물에 흠뻑 젖은 날개옷. 다름 아닌 또 다른 선녀였다. 그리고 새빨갛다 못해 불타는 것 같은 얼굴에 군데군데 흉하게 물집이 잡혀있었다. 젖은 선녀의 몸에서 수증기가 미친 듯이 피어올랐다.

토끼가 선녀를 가리키며 아무렇지 않게 말했다.

"아무리 습지에서 자라는 갈대라지만 이 뜨거운 온천에 갈대가 있다는 게 도저히 이해되지 않더군요. 그런데 이런 비밀이 있었군요. 이것으로 수수께끼는 모두 풀렸습니다." 토끼가 하얀 앞니 두 개를 드러냈다. "애초부터 두레박에는 선녀 둘이 타고 있었습니다. 서 있는 시신의 선녀와 웅크리고 몸을 숨긴 바로 여기 있는 선녀까지 말이죠. 아무리 바위 뒤에 숨어있다고 해도 공중에서는 나무꾼의 위치를 바로 확인할 수 있습니다. 나무꾼이 있는 바위 바로 너머에 두레박이 착륙한 것도 모두 계획적인 것입니다. 그래야 커다란 두레박에 가려 시신을 탕 속에 넣는 장면을 들키지 않을 수가 있죠. 두 선녀가 한꺼번에 물에 들어갔으니 커다란 물소리에 바위 너머 나무꾼에게까지 물이 튀었던 것입니다. 그다음은 이 선녀가 갈대를 입에 물고 잠수해 시신을 탕 중앙까지 끌고 갑니다. 갈대 줄기는 속이 비어있어 호흡할 수 있죠. 시신을 앞에서 끌고 가니 시신의 뒤를 보고 있는 나무꾼에게는 갈대가 보이지 않았습니다. 문제는 그다음부터입니다."

"어서, 어서 말하라. 그래서 무엇이냐."

"애초 계획은 나무꾼이 날개옷을 숨기기 위해 자리를 비우는 것이었습니다. 아마도 수십 분은 비우리라 생각했죠. 그런데 문제가 생긴 겁니다. 나무꾼의 참을 수 없는 이상 성욕을 계획에 넣지 못한 거죠. 나무꾼은 날개옷을 집에 숨기라는 사슴의 말을 어기고 도중에 다시 돌아왔습니다. 물 밖으로 나가려던 선녀는 예상과 달리 너무 빨리 돌아온 나무꾼을 보고 재빨리 갈대를 입에 물고 다시 잠수한 것입니다. 그게 바로 이곳이죠." 토끼가 눈도 제대로 뜨지 못하는 선녀를 보며 손뼉을 쳤다. "이 뜨거운 물 속에서 피부에 물집이 잡히는 중에도 밖으로 나오지 않은 인내심은 정말 인정할만하네요." 선녀는 말도 못 하고 수치심에 몸을 바들바들 떨었다. 그 꼴이 영락없이 물에 빠진 생쥐 꼴이었다.

이어서 토끼가 사슴과 사냥꾼에게 눈을 부라렸다. 사슴이 몸을 움찔거렸다.

"결국, 정리하자면 이렇습니다. 사슴과 사냥꾼도 이 선녀와 한패라는 말이지요."

"아, 아닙니다."

사슴이 질겁했다. 토끼가 사슴에게 달려들어 물 묻은 손으로 목 언저리를 문질렀다. 그러자 붉게 물들었던 핏자국이 깨끗이 지워지는 것이 아닌가.

"인간들의 말 중에 짜고 치는 고스톱이란 말이 있죠. 그게 바로 이자들을 가리키는 말입니다. 상처 입고 도망친 사슴. 분명 총상이죠. 그런데 나무꾼은 사냥꾼이 쏜 총성을 들었습니까?"

곰곰이 생각하던 나무꾼이 고개를 가로저었다.

"애초에 총을 쏜 적이 없던 겁니다. 그리고 사냥꾼에게 사슴이 숨어있는 곳을 손짓했지만, 사냥꾼은 알아채지 못했죠. 그건 사냥꾼도 한 패이기 때문에 일부러 못 본 척한 겁니다.

선녀탕에서 사슴과 눈이 마주친 것도 사슴이 나무꾼을 감시하기 위함이었습니다. 나무꾼 맞은편에 나타난 사슴은 서 있는 선녀의 시신을 탕 중앙으로 끌고 가는 장면이 똑똑히 보이는 위치입니다." 토끼가 산신령을 향해 소리 높였다. "신령님! 이들이 이렇게 용의주도한 자들입니다."

"아…아하하…. 살, 살았어."

그제야 주저앉아 죽상을 하던 나무꾼이 웃음을 되찾았다.

산신령은 도끼눈을 뜨고 숨어있던 선녀와 사슴, 사냥꾼을 차례로 돌아봤다. 산신령의 어깨가 떨려왔다. 산신령의 노기가 멀리 떨어진 나무꾼에게까지 전해졌다. 산신령은 숨을 크게 들이마신 뒤 일갈했다.

"지금 토끼의 말이 사실이렷다."

산신령의 일갈에 대답하는 이는 아무도 없었다. 산신령이 검지를 들어 올렸다. 나무꾼의 옆에 떠 있던 금도끼가 하늘 높이 떠올랐다. 그때 벌벌 떨던 선녀가 입을 떼고 말하려던 순간 산신령의 검지가 거침없이 아래로 떨어졌다.

'쐐에에에엑!'

금도끼가 바람을 가르고 사슴과 선녀, 사냥꾼을 차례로 스쳐 지나갔다. 금도끼가 다시 산신령의 손에 돌아왔을 때 도끼는 금빛이 보이지 않을 정도로 온통 시뻘건 피로 젖어 있었다.

'털썩.'

'풍덩.'

'풍덩.'

사슴의 목이 땅에 떨어진 것을 시작으로 도끼가 지나간 순서대로 선녀와 사냥꾼의 목이 힘없이 물속으로 떨어졌다. 그들의 잘린 단면에서 피 분수가 솟구쳤다.

"흐아아아악!"

옆에 있던 나무꾼은 사슴이 쏟는 피 분수를 맞고 소스라치게 놀랐다. 그나마 말라가던 속곳이 다시 지린내를 풍기며 젖어 들었다.

지친 듯한 얼굴의 산신령이 말했다.

"사건은 모두 끝났다. 명쾌한 토 생원의 추리는 기억하마. 이제 돌아들 가거라."

산신령은 나타났던 때와 마찬가지로 펑 소리와 함께 사라졌다.

"내, 내 도끼는…."

나무꾼이 손을 뻗으며 중얼거렸지만 이미 늦은 뒤였다.

어느새 토끼가 나무꾼 옆에 다가와 저고리를 당겼다. 나무꾼은 토끼에게 이끌려 속곳만 입은 채 산기슭을 내려왔다.

"고맙습니다. 토 생원 나리."

선녀탕에서 나는 계란 썩는 냄새가 사라질 정도로 멀어진 뒤 나무꾼이 토끼에게 허리를 굽혔다.

"운이 아주 좋았습니다. 사실 나무꾼님은 죽은 목숨이나 다름없었어요."

"맞습니다. 토 생원 나리의 혜안이 없었다면 전 이미 죽은 목숨입니다요 헤헤."

나무꾼이 맞장구쳤다. 토끼가 이리 오라는 손짓을 했다. 나무꾼이 허리를 굽히고 얼굴을 가까이했다. 토끼가 나무꾼의 귀에 조용히 속삭였다.

"아마도 선녀를 죽인 사람은 산신령일 겁니다."

"헉!" 나무꾼이 숨을 삼켰다.

"어디까지나 제 추측입니다만."

토끼가 헛기침한 뒤 이어서 말했다.

"산신령과 숨어있던 선녀가 부적절한 관계였을 겁니다. 옥황상제의 수청만 들 수 있는 선녀에게 일개 신령과의 밀회는 엄청난 대죄였겠죠. 그걸 죽은 선녀가 눈치챈 겁니다. 산신령과 숨어있던 선녀는 비밀을 알아차린 선녀의 입을 막기 위해 목을 졸랐겠죠. 죽은 선녀의 시신에 목 졸린 자국 외에 다른 외상이 없는 것을 보면 살인은 숨어있던 선녀보다도 산신령이 직접 행했을 거라고 봅니다. 젊은 선녀와 뜨거운 시간을 보내기 위해서였는지 두루마기 안에 숨겨진 근육이 어마어마

하더군요." 듣고 있는 나무꾼의 몸이 부르르 떨렸다. "아무리 일개 선녀라지만 하늘의 여식을 죽였으니 죄를 덮어씌울 사람이 필요했겠죠. 그렇게 선택된 사람이 바로 나무꾼님인 겁니다. 전 봤습니다. 금도끼에 목이 잘리기 직전 숨어있던 선녀가 산신령을 바라보던 눈빛을 말이죠."

토끼가 몇 발자국 걸어간 뒤 돌아서며 말했다.

"원망과 애증이 뒤섞인 눈빛이었습니다. 뭐, 이제 사건은 다 끝났으니 끔찍한 기억은 모두 잊어버리고…."

'퍽석.'

표주박이 깨지는 소리가 조용한 숲속을 갈랐다.

토끼는 더 이상 말을 잇지 못했다. 아니, 영원히 하던 말을 마무리하지 못하게 됐다.

하얀 털이 붙은 살점들이 지저분하게 묻어 있는 짱돌이 땅에 떨어졌다.

나무꾼이 나지막이 중얼거렸다.

"정말 미안하이. 우리 어머님이 벌써 며칠째 굶었다네. 도끼도 잃어버리고 나무도 못 한 마당에 빈손으로 돌아갈 수는 없지 않은가…."

살인귀
VS
식인귀

덜컹.

개다리소반이 넘어가자 버선발이 허공에서 이리저리 춤을 췄다.

조막만 한 소녀의 얼굴이 금세 터질 것처럼 새빨갛게 부풀어 올랐다.

"큭…. ㄲ으윽."

부릅뜬 눈에 핏발이 서리고 앵두 같은 입술 사이로 고통의 신음이 새어 나왔다.

— 어라. 정말로 시도한 거야? 오올.

"으윽…. 끅끅."

소녀의 가녀린 목에 감긴 동아줄이 깊숙이 파고들었다. 뒤늦게 목을 감은 동아줄을 손으로 잡아 뜯었지만 굵고 튼튼하게 꼬인 줄은 꿈쩍도 하지 않았다. 마구잡이로 긁어대는 통에 소녀의 목에는 온통 붉은 생채기가 났고 손톱이 들려 피가 배어났다.

소녀의 관자놀이에 굵은 핏줄이 튀어나왔다. 얼굴은 더 이상 붉다 못해 검게 변했다. 입가에 흘러내린 맑은 침방울이 바닥까지 늘어졌다.

미친 듯이 목을 긁어대던 손가락이 서서히 느려졌다.

맹렬한 심장의 박동이 잦아들고 마침내 소녀의 눈동자가 서서히 하늘로 말려 올라가던 찰나.

투둑. 쿵.

서까래에 건 동아줄이 뚝 끊어지면서 소녀의 몸이 대청마루에 곤두박질쳤다. 쓰러진 소녀는 한동안 숨이 끊어진 듯 움직이지 않았다.

잠시 후, "허어어어억!" 요란하게 숨을 들이마신 소녀가 손과 발을 허우적댔다. 이윽고 자신의 목을 어루만지며 숨을 토해냈다.

"허억. 허억. 허억…."

목에 감긴 밧줄에 손가락을 걸어 느슨하게 풀었다.

— 큭큭큭큭. 멍청한 년. 스스로 죽는 것 하나 못하는 모질이 같으니라고. 큭큭. 내 그럴 줄 알았다. 그렇게 뒈질 거라면 차라리 그 쓸모없는 몸뚱어리는 나한테 넘기라니까 그러

네.

고개 숙인 소녀의 어깨가 잔잔하게 떨렸다.

마룻바닥에 점점이 물 자국이 번져갔다.

"흐흐흑. 미친 새끼. 닥쳐. 제발 닥치라고!"

마룻바닥에 주저앉은 소녀가 썩어서 끊어져 버린 동아줄의 끝부분을 움켜쥐고 울부짖었다.

어느새 검붉게 물들었던 소녀의 얼굴이 찹쌀가루처럼 하얀 색으로 돌아왔다.

하지만 밧줄에 깊게 팬 멍이 든 목의 자국은 시간이 지나도 좀처럼 없어지지 않았다.

[토요일 오후 6시]

    머리에 커다란 대나무 소쿠리를 인 아낙이 발걸음을 서둘렀다.

    "야단이네. 해가 지기 전에 가야 할 텐데."

    쉬지 않고 발을 놀린 탓에 숨이 턱까지 차올랐다.

    아직은 서늘한 바람이 부는 4월임에도 불구하고 아낙은 소쿠리를 받쳐 들지 않은 소매로 이마에 흐르는 땀을 훔쳤다. 한 시진 전에 장이 파했으나 가져온 찹쌀떡을 조금이라도 더 팔아보려 좌판을 벌였던 게 화근이었다.

    남편을 일찍 여의고 찹쌀떡 판매로 어렵게 생계를 꾸려온 아낙에게 오늘의 판매 금액은 도저히 그냥 집에 갈 수 없을 정도로 형편없었다. 그도 그럴 것이 몇 년째 흉년이 이어지다 보니 사람들은 주머니를 열 생각을 하지 않았다. 남은 떡은 날이 지나면 딱딱하게 굳어 팔 수가 없다.

어쩔 수 없었다. 연장 영업을 하는 수밖에….

쉬지 않고 걸었지만, 아직 넘어야 할 언덕배기가 세 개나 남아있었다.

이러다가 해라도 지는 날에는 달빛을 길잡이 삼아 산길을 넘어야 했다. 아닌 게 아니라 이미 해는 붉은 꼬리를 늘어뜨리며 뉘엿뉘엿 서산으로 기울고 있었다.

문득 아낙의 뇌리에 장터에서 만난 생선 장수의 말이 떠올랐다.

'요즘, 이 근방에 사람 잡아먹는 호랑이가 기승이라네. 벌써 윗마을, 아랫마을에서 세 명이나 당했다지 뭐여. 어찌나 악랄한지 뼈만 남기고 전부 다 먹어 치운다데. 망할 짐승 새끼 같으니라고. 자네 저어기 산 아래 일월마을에 산다고 했지? 자네도 산길에서는 조심해야 할 게야. 산채로 잡아먹히고 싶지 않으면 말이야.'

당시에는 별생각이 없었는데 이렇게 해 질 무렵 홀로 산길을 걷고 있으려니 겁이 덜컥 났다. 사람을 무자비하게 뜯어먹는 호랑이가 떠오르자 오싹하게 소름이 돋았다.

안 돼! 정신 차리자.

아낙은 끔찍한 생각을 몰아내려 눈을 질끈 감았다 떴다. 하지만 피투성이 호랑이가 좀처럼 머릿속에서 가시지 않았다. 자연스럽게 발걸음은 더욱더 빨라졌다.

"에그머니나!"

순간 땅 위로 드러난 나무뿌리에 발이 걸렸다. 아낙은 중심을 잃고 몸을 휘청거렸다. 안간힘을 써 중심을 잡으려 했으나 속도를 이기지 못하고 땅바닥에 철푸덕 넘어졌다. 그나마 다행스럽게도 머리에 인 바구니는 끝까지 두 손을 떼지 않아 지켜낼 수 있었다.

"아구구. 허리야."

아낙은 곡소리를 내며 천천히 몸을 일으켰다. 허리의 통증에 눈물이 핑 돌았다.

바로 그때였다.

아낙은 저 앞에 울창하게 자란 수풀 끝이 흔들리는 것을 목격했다.

숨을 멈추고 고인 눈물을 닦아냈다. 등골에 식은땀 한 방울이 흘러내렸다. 다시 한번 수풀에 시선을 집중했다.

!!!!!!!

다시금 수풀 끝이 흔들렸다.

바람에 흔들리는 움직임이 아니었다. 수풀 뒤에 뭔가가 있었다.

설마…. 호랑이는 아니겠지.

아낙은 수풀을 주시한 채 다리를 구부려 땅바닥에 있는 짱돌을 집어 들었다. 그리고 경계심 가득한 목소리로 말했다.

"뉘, 뉘시오. 짐승이오. 사람이오?"

고개를 쭈욱 빼고 어두운 수풀 뒤로 촉각을 곤두세웠다. 우거진 수풀이 한 번 더 흔들렸다. 아낙은 언제든 집어던질 수 있게 짱돌 든 손을 높이 들었다.

"잠, 잠깐."

빽빽한 수풀을 헤치고 나온 것은 무시무시한 호랑이가 아니었다.

웬 남정네가 다급하게 두 손을 들고나왔다. 숲길이 어두워 얼굴이 보이지 않았지만, 호랑이가 아니라는 것만으로도 아낙은 안도의 한숨을 내쉬었다. 아낙이 들었던 짱돌이 도로 땅바닥에 떨어졌다. 경계심 가득했던 아낙의 목소리가 조금 누그러졌다.

"그쪽은 뉘시오?"

남자가 천천히 다가오며 말했다.

"장터에서 고약을 파는 장수요. 산길을 걷던 중 누가 내 뒤를 빠르게 쫓기에 수풀 뒤에 숨어있었소."

남자의 말에 아낙이 고개를 끄덕였다.

"아. 약장수 범 씨. 범 씨요?"

이번에는 다가오던 남자가 경계하며 걸음을 멈췄다.

"날 아시오? 내게서 고약을 샀던 사람이오?"

아낙은 급하게 한 손으로 손사래를 치며 부드럽게 말했다.

"아니. 아니오. 나 장터에서 떡을 팔던 이 씨요."

"아. 떡장수 이 씨. 허허허. 이런 우연이 있나."

그림자 안에 있던 남자가 몇 발자국 더 걸어 나왔다. 얼굴에 드리운 그늘이 걷히자 범 씨가 환한 미소를 띠고 있었다. 그제야 이씨 부인은 안도할 수 있었다. 가슴에 손을 얹고 한숨을 푹 내쉬었다.

"아휴. 난 그쪽이 호랑인 줄 알고 얼마나 놀랐는지. 그나저나 그쪽도 집이 이쪽이오?"

범 씨가 고개를 주억거렸다.

"범귀 마을에 산다오."

이씨 부인이 사는 일월마을에서 십 리쯤 더 가야 나오는 마을이었다. 범 씨는 배를 문지르며 말을 이었다.

"근데 떡 좀 남았소? 이거 저녁때가 되니 몹시 출출하구려. 공짜로 달라는 것은 아니오. 사례는 할 테니 팔고 남은 떡이 있으면 좀 주시구려."

그사이 서산에 아슬아슬하게 걸려있었던 해가 산 너머로 완전히 넘어가 버렸다. 이제 어둠 속의 범 씨는 윤곽만 간신히 알아볼 수 있었다. 아무리 서둘러 가도 집에 도착하면 한밤중. 해가 지기 전에 귀가하기는 틀려버렸다.

호랑이도 그렇거니와 혼자 산길을 가기엔 무서우니 범 씨

말대로 떡을 주고 일월마을까지 동행하는 편이 나을성싶었다. 그나마 장터에서 잠시 이야기를 나눴을 땐 순박하고 천성이 착해 보이는 사람 같았다. 이씨 부인은 소쿠리를 덮고 있는 무명천을 걷었다.

"알겠소. 팔고 남은 떡이니 돈을 받기는 그렇고 내 그냥 드리리다. 대신 어서 드시고 같이 돌아갑시다."

이씨 부인이 소쿠리에서 찹쌀떡 두 개를 건넸다. 범 씨는 떡을 넙죽 받았다. 크게 한 입 베어 문 범 씨는 갑자기 생각난 듯 등에 멘 봇짐을 내려 뒤적거렸다.

"그냥 얻어먹기도 뭣하니. 이거라도 자시구려." 그가 꺼낸 것은 작은 병에 든 물이었다. 범 씨가 입을 우물거리며 덧붙였다.

"원기 회복에 그만인 탕약이요. 내가 조제한 건데 피로회복제라고 부른다오. 한번 마셔보시게."

약병을 받아든 이씨 부인이 뚜껑을 열자 달짝지근한 냄새가 풍겨왔다. 안 그래도 급하게 산길을 걷던 차에 갈증이 나던 참이었다. 이씨 부인은 병 주둥아리에 입술을 대고 단숨에 털어 넣었다. 새콤달콤한 탕약이 말라붙은 입안을 촉촉하게 적셨다. 남은 한 방울까지 털어 넣은 이씨 부인이 조금 아쉬운 듯 빈 병을 건네며 말했다.

"맛이 아주 좋아요. 정말로 힘이 나는 것 같아요. 호호호."

찹쌀떡 가루를 온통 입에 묻힌 범 씨가 씨익 웃으며 고개를 끄덕였다.

"내 말 했잖소. 아주 끝내주는 탕약이라고. 하하하."

"호호호."

"하하하."

"호호호."

"하하하하하하."

"호호호호호호."

"하하하하하하하하하."

"하하하하하하하하하하하하하하하…."

뭔가 이상했다.

이씨 부인의 귀에 범 씨의 웃음소리가 끊이지 않고 엿가락을 늘어트리듯 점점 늘어졌다. 늘어지는 웃음소리에 이어 눈의 초점이 흐려지고 범 씨가 두 명, 세 명으로 보이기 시작했다. 갑작스러운 변화에 이씨 부인은 옷소매로 눈을 비볐다. 배를 잡고 호탕하게 웃어대는 범 씨는 되레 숫자가 늘어 여섯, 일곱으로 보였다.

이씨 부인은 뭔가 단단히 잘못되었다는 것을 깨달았다.

하지만 돌이키기에는 이미 늦었다는 것도 깨달았다.

세상이 빙글빙글 돌고 전신에 힘이 빠져나갔다.

현기증을 느낀 이씨 부인은 그대로 땅바닥에 고꾸라졌다.

볼에 닿은 흙바닥의 냉기를 느끼며 정신이 아득히 멀어졌다.

'스윽. 삭. 스윽. 삭.'

고막을 파고드는 소름 돋는 소리에 이씨 부인이 눈을 떴다.

보이는 건 없었다.

온통 새까맸다. 눈을 감으나 뜨나 칠흑 같은 어둠뿐이었다. 다만 멀리서 우는 소쩍새와 가까이서 들리는 풀벌레 소리는 여기가 밖이라는 걸 깨닫게 했다.

"으으으으으."

정수리에 정을 때려 박은 듯 찌르르한 두통에 얼굴을 찌푸렸다.

'스윽. 삭. 스윽. 삭.'

정체 모를 소리가 신경을 긁어댔다.

이씨 부인은 침침한 눈을 비비려 했지만 어째서인지 손이 말을 듣지 않았다. 아니, 손뿐만이 아니었다. 몸 전체의 감각이 하나도 없었다. 임시방편으로 눈을 질끈 감았다 떴다. 흐릿했던 시야가 조금은 어둠에 익숙해졌다. 그제야 나뭇가지들 사이로 뻥 뚫린 밤하늘이 보였다.

밤하늘을 수놓은 반짝이는 별들을 보며 범 씨가 건넨 탕약을 먹고 정신을 잃은 것을 떠올렸다.

'스윽. 삭. 스윽. 삭.'

규칙적으로 반복되는 기분 나쁜 소리.

뒤통수가 따가워질 정도로 소름이 돋았다. 난생처음 듣는 소리가 아니었다. 숫돌에 날붙이를 갈 때 나는 소리 같았다. 소리의 근원을 파악한 동시에 심장이 요동치기 시작했다. 깊은 숲속에서 칼을 가는 소리가 들리는 것 자체가 정상이 아니었다.

이씨 부인은 서둘러 주변을 살펴보고자 고개를 돌리려 했지만 허사였다. 스스로 고개조차 돌릴 수가 없었다. 가슴이 철렁 내려앉고 겁이 덜컥 났다. 막연하게나마 뭔가 잘못됐음을 직감했다.

"여버세에에여. 거어어어이 누우우우구 어어어서어어어요."

혀가 마음대로 움직이지 않았다. 하지만 있는 힘을 다해 목소리를 짜냈다.

"어라. 벌써 깼소?"

이씨 부인의 시야 밖에서 범 씨 목소리가 들렸다.

"버어어어엄 시이이이이이."

이씨 부인이 안간힘을 써가며 범 씨를 불렀다.

"왁!"

"!!!!"

갑작스럽게 시야에 나타난 범 씨의 얼굴에 이씨 부인은 소리도 지르지 못하고 사색이 됐다.

"크핫핫핫핫핫. 깜짝 놀랐소?"

범 씨는 뭐가 그리 웃기는지 배를 잡고 웃어댔다.

그런 그의 장난기 어린 행동에 말로 설명할 수 없는 공포가 밀려왔다. 갑자기 웃음을 뚝 그친 범 씨가 말했다.

"아무래도 마취 버섯이 덜 들어갔나 보오. 원래는 지금 깰 수가 없는 건데. 쳇."

혀를 차는 범 씨는 진심으로 아쉬운 표정이었다. "그런데 대관절 지금 이게 무슨 상황인지 궁금하지 않소?" 표정이 백 팔십 도 변한 범 씨가 미소를 가득 띠며 물었다. 하지만 이 씨 부인을 보는 범 씨의 눈은 전혀 웃고 있지 않았다.

이씨 부인의 눈에 눈물이 차올랐다.

"모, 모오올아요."

그사이 이씨 부인은 혀의 마비가 조금씩 풀리는 중이었다.

범 씨가 천천히 손에 든 식칼을 들어 보였다. 달빛에 번쩍이는 식칼이 온통 피로 흥건했다. 범 씨가 식칼에 묻은 피를 혓바닥으로 할짝댔다. 그리고 혀를 날름거리며 피 맛을 음미했다.

갑자기 범 씨의 안광에서 기괴한 빛이 번뜩였다.

"그쪽은 재작년 보릿고개를 어떻게 넘겼소?"

범 씨가 나지막이 입을 열었다. 이씨 부인의 대답을 바라고 물은 게 아닌지 곧바로 말을 이었다. "약 몇 병 팔아서 보릿고개를 넘는 건 그쪽도 알겠지만 쉽지 않소. 더군다나 몇 년째 이어지는 거지 같은 흉작 때문에 민심도 바닥에 떨어졌지. 농사꾼들도 그렇고 모두가 지출을 걸어 잠그거든." 어둠 속에서 범 씨의 미소 띤 얼굴이 점점 굳어갔다. "우리 집도 예외는 아니었소. 가뜩이나 딸린 식구들도 많았거든. 피죽도 못 먹는 날들이 이어지다 보니 마누라는 매일 한숨만 푹푹 쉬지, 첫째 아들놈은 배고프다고 난리지. 둘째 딸년은 배라도 채우겠다며 우물물만 처마시지. 배곯은 갓난쟁이 셋째는 어디서 그런 힘이 솟구치는지 온종일 빽빽 울어 싸지. 결국 애비로서 결단을 내려야 했다오. 전부 굶어 죽을 수는 없지 않은가."

범 씨는 말을 할수록 그때가 떠오르는지 인상이 구겨졌다. "어쩔 수 없었다오. 결국 셋째를 삶아 먹기로 했소. 물론 다른 가족 모두가 동의했소."

아낙은 자기 귀를 의심했다. 전혀 생각지도 못한 말이었다. "그… 그에서… 저엉말로 머거소?"

어느새 발음이 한층 정확해졌다. 범 씨는 개의치 않고 대답했다.

"먹었소. 눈물을 머금고 말이오. 모두가 억지로 숟가락을 들고 셋째를 삶은 뽀얀 국물을 떴소. 그 순간 첫째는 뛰쳐나가 헛구역질을 하더군. 우리는 첫째가 돌아올 때까지 기다렸소. 뱃속에서 천둥 번개가 쳤지만, 그 누구도 먼저 먹으려 들질 않더이다. 첫째가 돌아와 밥상에 앉고 우리는 다시 숟가락에 국물을 떴소. 그리고 동시에 입 안에 넣었소."

실로 끔찍한 일이었다. 이씨 부인은 눈을 질끈 감았지만, 눈꺼풀 뒤로 장면들이 생생하게 떠올랐다. 범 씨는 담담하게 회고를 이어갔다.

"모두가 깜짝 놀랐소. 맛있었소. 생각했던 것보다 훨씬 더. 억지로 떠먹던 숟가락은 어느새 경쟁하듯 빨라졌소. 구역질이 무색하게 국그릇이 순식간에 바닥을 드러냈소. 셋째는 그렇게 우리 식구들의 몸속으로 사라졌다오. 몸통은 잘게 잘라 탕을 끓였고 나머지는 포를 떠서 절여 먹었지. 그렇게 재작년을 버틸 수 있었다오."

범 씨가 헛바닥으로 입술을 핥으며 입맛을 다셨다.

이씨 부인은 할 수만 있다면 귀를 막고 싶었다.

구역질이 치솟았다. 생존을 위해 노인을 산에 버리는 고려장이나 어린 아기를 내다 버리는 행위는 풍문으로나마 들은 적이 있었다. 하지만 범 씨의 고백은 사람을 유기하는 수준을 훨씬 넘어서 있었다.

이씨 부인은 범 씨를 보고 있기 힘든 나머지 고개를 돌리기 위해 목에 힘을 주었다. 원하는 만큼은 아니었지만, 조금

이나마 고개가 움직였다. 점차 마비가 풀리는 듯했다. 오래전 과거를 회상하던 범 씨는 미처 눈치채지 못한 것 같았다.

이씨 부인은 침착하게 고개를 원위치시키고 시간을 끌기로 했다.

"그, 그러엄 작년에는 어쨌소?"

"작년 보릿고개에는 둘째를 먹었소. 재작년에 셋째를 먹은 탓에 보릿고개가 다가오자 둘째가 안절부절못하더군. 아마도 다음 차례는 자기가 될지도 모른다고 생각했던 것 같소. 고년이 눈치 하난 참으로 빨랐거든. 그래 봐야 아직 여섯 살밖에 안 된 계집이 뭘 할 수 있었겠소. 잡히는 수밖에. 그래도 갓난쟁이 셋째보단 몸뚱이가 커서 먹을 게 더 많더이다. 크크크."

범 씨의 대답을 예상했지만 역시나 충격적이었다. 이씨 부인은 일부러 어눌한 발음으로 물었다.

"그, 그래서… 올해는 어쩌얼 거시오."

이씨 부인의 물음에 범 씨가 이 씨의 눈을 마주 봤다.

범 씨의 눈빛에 어린 광기에 이씨 부인의 몸이 싸늘하게 식었다.

"그게 말이지…. 하하하핫!"

갑자기 범 씨가 미친 듯이 웃음을 터트렸다. 한참을 껄껄 대던 범 씨가 눈물을 닦으며 말을 이었다.

"이걸 어쩐다. 사실 올해가 되기도 전에 모두 먹어버렸지 뭐요. 풉. 푸하하하핫."

이씨 부인이 입을 떠억 벌렸다.

뭔가 엄청난 말을 들은 것 같아서 몸이 반응했지만, 머리가 미처 따라잡지 못했다.

"뭐… 뭐라 했소?"

놀란 나머지 어눌한 발음으로 말해야 한다는 것도 잊어버렸다.

"첫째도, 마누라도 깡그리 먹어 치웠소. 이거 원. 한 번 맛을 들이니 참을 수가 없더이다."

담담하게 말을 전하는 범 씨의 눈은 이미 사람의 눈이 아니었다. 감정이 없는 야수나 짐승의 눈과 다름없었다.

"일 년이나 기다릴 수가 없는 거요. 그리되니 이런 생각이 들더이다. 왜 기다려야 하는 걸까. 그냥 있는 대로 먹어 치우면 되는 거 아닌가. 모자라면 다른 사람을 죽이면 되는 것 아닌가 하고 말이오. 웃음이 나더군. 너무나 간단해서 말이오. 그래서 그 자리에서 마누라와 첫째 아들놈을 죽였소. 그리고 고기가 떨어진 그 날부터 이렇게 사냥을 나섰소." 범 씨가 손가락을 하나씩 접었다.

"흠. 올해도 벌써 셋은 잡아먹었군. 아, 아니지. 이제 넷인가."

네 번째 손가락을 접는 범 씨가 이씨 부인을 스윽 쳐다봤다.

이씨 부인은 뒤통수를 한 대 얻어맞은 것처럼 멍해졌다.

생선 장수가 말하던 사람 잡아먹는 호랑이는 범 씨였다는 말인가. 게다가 마지막으로 덧붙인 말에 정신이 번쩍 들었다.

"나, 나도 먹으려는 것이오? 살… 살려주오. 집에는 내가 돌아오기만을 기다리는 자식새끼가 있소. 제발… 제발 부탁드리오."

범 씨는 아랑곳 하지 않고 말했다.

"아. 딸이 하나 있다 했었지? 미안하네만. 너무 원망은 마시게."

그러더니 웬 나무토막을 이빨로 주욱 뜯었다. 찌지직거리며 찢기는 소리에 이어 아낙의 얼굴로 물방울이 후드득 떨어졌다.

"쩝쩝. 짭짭. 흐음. 역시 야들야들하고 부드럽구먼. 관리를 잘하셨어. 부인."

범 씨는 만족스러운 듯 고개를 끄덕이며 질겅질겅 저작 운동을 했다. 이빨 사이로 시뻘건 피거품이 입술을 타고 흘러넘쳤다.

비릿한 피 내음이 이씨 부인의 콧속을 파고들었다.

순간 이씨 부인은 경악했다. 이씨 부인은 자기 얼굴에 떨어진 뜨끈한 물방울이, 범 씨의 손에 들린 나무토막이, 범 씨가 씹어 먹는 것이 무엇인지 알아차리고야 말았다.

온몸의 피가 머리로 쏠리기라도 한 건지 오한이 들어 덜덜 떨리고 이가 딱딱 맞부딪쳤다. 여전히 손발의 감각이 없었다. 그걸 이해할 수 없었다. 얼굴에 닿은 핏방울의 온기가 느껴지는 마당에 손발의 감각이 없는 연유는 무엇이란 말인가.

"쩝쩝. 질겅질겅."

피거품이 이는 범 씨의 입에서 혐오스러운 소리가 이어졌다.

이씨 부인은 숨을 깊게 들이쉬고 천천히 내쉬었다. 그리고 누운 상태로 뒷목에 힘을 주어 천천히 고개를 들었다.

이씨 부인의 머리가 부들부들 떨리며 땅에 닿았던 뒤통수가 천천히 떠올랐다.

"꺄아아악! 아아아아아아아아악!"

한밤중 산속을 가로지르는 아낙의 비명에 시끄럽게 울던 풀벌레 소리가 일제히 멈췄다.

"없… 없어. 어… 없…어…."

고개를 들어 자기 몸을 살펴본 이씨 부인은 곧바로 힘겹게 붙들고 있던 이성의 끈을 놓아버렸다.

제자리에 붙어있어야 할 팔과 다리가 온데간데없었다. 범 씨가 맛있게 뜯어 먹는 종아리는 바로 조금 전까지도 이씨 부인의 무릎 아래 붙어있던 바로 그 종아리였다.

"마취가 풀려도 자넨 도망갈 수가 없어. 움직일 수 있는 팔다리가 자네에겐 없거든. 그래도 같은 상인의 정이 있으니 자네가 고통을 느끼기 전에 저세상으로 보내 주리다. 그리고 하나뿐인 자네 딸내미도 고통 없이 보내 주겠다고 약조함세. 클클클."

범 씨의 낮고 무거운 웃음소리가 계속됐다.

이미 넋이 나가버린 이씨 부인에게 범 씨의 추가 범행 예고는 더 이상 귀에 들어오지 않았다.

[일요일 오전 1시]

낮 동안 힘겹게 노동한 고단함 탓일까.

깊은 밤 일월마을에는 정적만이 가득했다. 하지만 모두가 잠든 밤에도 아직 잠 못 이루는 이가 있었다.

하늘보다 높이 솟은 담장 안.

해는 안절부절못하며 마당을 서성였다.

"어찌하여 이리 늦으실까. 밤바람이 차가워 추우실 텐데 무슨 일이라도 난 것일까."

– 뭐가 좋다고 그리 간절하게 기다리는 것이냐. 어디 외간 남자랑 재미라도 보나 보지. 클클클.

"그딴 소리나 지껄이려면 입 닥쳐."

마당에 우두커니 선 소녀가 혼잣말을 지껄였다.

– 멍청한 년. 난 다 알고 있어. 네가 잠든 동안에도 난 다

들을 수 있어. 네가 그리 기다리는 어미가 무슨 말을 했는지 다 안다고.

해가 손바닥으로 귀를 막고 고개를 좌우로 흔들었다.

"싫어. 싫어. 제발 좀 닥치라고! 내 머릿속에서 좀 나가라고!"

─ 클클클클클. 그래 그렇게 진실을 외면한 채 발악해 보라고. 클클클.

해의 머릿속에서 기분 나쁜 웃음소리가 울려 퍼졌다.

그때였다. 대문 밖에서 헛기침 소리가 들렸다. 해는 반가운 마음에 냉큼 대문 앞으로 달려갔다.

"엄마? 엄마야?"

해의 물음에 대문 밖에서 쉰 목소리가 들렸다.

"어. 떡을 마저 파느라 좀 늦었지 뭐니."

평소 이씨 부인의 목소리와 달라 멈칫했지만, 오랫동안 기다린 탓일까. 해는 개의치 않고 대문 안쪽에 찰싹 달라붙었다.

"아휴. 난 또. 무슨 일이라도 난 줄 알았지 뭐야."

그때 또 머릿속에서 목소리가 끼어들었다.

─ 잠깐. 어미 목소리가 아닌데. 그건 그렇고. 쿵쿵. 쿵. 웬 피비린내가 이리 진동한담. 고기라도 끊어 왔나.

"엄마 좀 힘들구나. 바구니를 머리에 이고 있어서 그런데 문 좀 열어주겠니?"

문밖에서 들려오는 말에 해의 표정이 얼어붙었다.

해는 대문을 짚었던 두 손을 바로 뗐다.

– 클클클. 저 인간 지금 뭐라는 거냐.

낯빛이 창백해진 해가 조심스럽게 물었다.

"어, 엄마. 근데 목소리가 왜 그래? 우리 엄마 목소린 꾀꼬리처럼 고운데."

"어. 음음." 문 너머로 목을 가다듬는 소리에 이어 "엄마가 장에서 떡을 파느라 하도 소리를 질렀더니 목이 조금 쉬었지 뭐니."

해는 고개를 끄덕였으나 아직 의심을 풀지 않았다.

"그럼 대문 아래로 엄마 손을 보여줘."

"그래…. 알았다."

화가 난 것일까. 쉰 목소리가 좀 더 차갑게 들렸다.

잠시 후 대문과 땅 사이 벌어진 틈으로 손등이 쑤욱 들어왔다. 해는 바로 무릎을 꿇고 손등을 살폈다.

"만져 봐도 돼?"

"…그래."

해는 손가락 끝으로 살살 손등을 만졌다.

"냄새 맡아봐도 돼?"

"…그래."

해는 코를 가져가 천천히 숨을 들이마셨다.

촉감과 냄새는 해가 익히 알고 있던 엄마의 손등이었다.

다시 대문 밖에서 목소리가 들렸다.

"맞지? 엄마 손 맞지?"

해가 의심을 거두려는 찰나, 엄마의 손가락을 살피던 해가 흠칫 놀라 뒤로 넘어갔다.

"엄마 손톱에 왜 이렇게 시커먼 때가 덕지덕지 끼었어? 엄마 손톱은 비단보다 고운데."

대문 아래로 들어왔던 손이 급히 사라졌다.

"급하게 오느라 산길에서 넘어져 손톱에 흙이 끼었지 뭐니."

당황한 해가 다시 말했다.

"얼굴. 그럼 대문 아래로 얼굴을 보여줘."

잠시 뒤 한숨 섞인 목소리가 들려왔다.

"하아. 그래. 알았다."

곧이어 대문 틈 사이로 그림자가 졌다.

해는 대문 아래로 천천히 몸을 숙였다. 대문 틈 사이로 엄마의 반쪽 얼굴이 보였다. 해와 엄마의 시선이 마주쳤다. 해가 만면에 미소를 띠었다. 다소 경직된 표정이지만 엄마 얼굴이 분명했다.

반가운 마음에 해가 소리쳤다.

"엄마! 진짜 엄마네."

그러자 대문 틈 사이 엄마 얼굴이 사라지고 역시 웃음기 가득한 목소리로 화답했다.

"그래. 엄마라니까. 그러니 문 좀 열어봐."

"…."

미소 짓던 해의 얼굴이 점점 굳어갔다.

고개를 푹 숙인 소녀의 어깨가 가늘게 떨렸다. 해가 차갑게 내뱉었다.

"엄마가 열어줘야지…." 해의 침울한 목소리가 심하게 떨렸다. "대문은 엄마가 잠갔잖아."

그 순간 해의 머릿속에서 웃음소리가 폭발했다.

– 하하하하학학학! 아냐. 저 병신은 정체가 뭐냐. 큭큭큭큭큭.

툭. 대문 밖으로 뭔가가 땅바닥에 떨어졌다. 대문 틈 아래 그것의 일부분이 보였다. 그냥 봐서는 무엇인지 전혀 감이 오지 않았다. 문밖은 잠잠했다. 해는 호기심이 일었다. 빨리 낚아채면 떨어진 물건을 가져올 수 있을 것 같았다.

해는 재빨리 허리를 숙여 대문 틈에 떨어진 물건을 낚아챘다.

가볍고 부드럽고 익숙한 느낌. 소녀는 손에 쥔 물건을 천천히 펼쳐보았다.

"꺄아아아아아아아악!"

그 순간 찢어지는 비명이 마당에 울려 퍼졌다.

가죽. 다름 아닌 사람의 얼굴 가죽. 무엇보다 해를 경악게
한 것은 그 얼굴 가죽이 엄마와 똑 닮았기 때문이었다. 가죽
을 쥔 해의 손이 미친 듯이 떨렸다.

해가 힘겹게 목소리를 짜냈다.

"엄마… 엄마…. 이거 엄마 얼굴이잖아…. 어, 어떻게 된 거
야? 정말 엄마 맞아? 흐흐흑."

그 순간. 잠잠하던 대문이 미친 듯이 흔들렸다. 이어서 낮
고 음침한 목소리가 들려왔다.

"젠장맞을. 어두워서 제대로 확인을 안 했더니만 정말로
밖에 자물쇠가 걸려있네. 이 미친 여편네는 대체 무슨 생각
으로 이래 놓은 거야. 어이 조금만 기다리라고. 네 어미처럼
너도 산 채로 잡아 먹어줄 테니. 킥킥킥."

해의 정신이 아득해졌다.

"머, 먹었…다고?"

– 죽었어. 푸하하하. 드디어 그 망할 어미가 죽었어! 내
손으로 직접 죽이려 했건만. 이거 좀 아쉽게 됐네. 웬 미친놈
한테 산채로 잡아먹히다니. 쳇.

패닉에 빠진 해의 머릿속에서 아쉬움 가득한 탄식이 들렸
다.

"우리 딸. 조금만 기다려. 알았지? 킥킥킥."

주먹으로 치는지, 발로 차는지 대문이 부서질 듯 쿵쾅거렸다. 그때마다 대문 틈이 조금씩 벌어졌지만 커다란 자물쇠로 잠긴 대문을 열기에는 역부족이었다.

해는 대문 틈이 벌어질 때마다 문밖의 남자와 눈이 마주쳤다. 엄마의 얼굴 가죽을 뒤집어썼던 탓인지. 얼굴에 온통 피칠갑한 남자는 삼백안의 눈으로 해를 노려봤다. 그것만으로도 해는 온몸의 피가 얼어붙는 것 같았다.

– 어이 정신 차려. 언제까지 멍하니 서 있을 거야. 대문은 웬만해서 열기 힘들다 쳐. 하지만 집 뒤편 대청마루에 난 창문 자물쇠는 작아서 놈도 손쉽게 딸 수 있을 거라고. 사람 잡아먹는 식인종한테 산채로 뜯어 먹히고 싶어? 그게 아니라면 날 한 번 믿어봐. 뒤진 어미를 따라 죽을 게 아니라면 내게 한 번만 기회를 줘. 어?

'이, 이를 어쩌지….'

해는 갈팡질팡했다.

머릿속 목소리는 쉬지 않고 떠들어댔다.

– 내 비록 지금은 말뿐이지만 내게 기회를 주면 싹 다 정리할 수 있어. 정말이라고.

해가 우물쭈물 고민하는 사이 둔탁한 쇳소리가 났다.

"깡…. 깡…."

대문에 걸린 자물쇠를 쇠붙이로 내려치는 것 같았다. 인가에서 멀리 떨어진 집이라서 이 정도 소음은 안중에도 없는 듯했다.

"깡…. 깡…. 깡…."

해의 얼굴이 금세 새파랗게 질렸다. 마당에 서서 대문과 집을 번갈아 보며 이도 저도 못 했다.

– 시팔. 망할 계집애야! 그만 고민하고 어서 결정하란 말이야. 네가 죽으면 나도 죽는다고.

머릿속 일갈이 도움이 됐을까. 마침내 마음의 결정을 내린 해가 작게 고개를 끄덕였다.

이내 해의 눈빛이 확 달라졌다.

"깡…. 깡…. 깡…."

정신적으로 해를 압박하려는 듯 대문 밖으로 쇳소리가 일정한 간격으로 이어졌다.

해는 바로 부엌으로 달려가 날이 선 식칼을 챙겨 들었다. 그리고 한걸음에 대청마루로 올라갔다. 또다시 캉캉거리는 쇳소리가 울려 퍼졌다.

해는 식칼을 꽉 움켜쥐고 심호흡했다. 실패해선 안 됐다. 한 번에 성공해야 했다. 해는 가만히 쇳소리를 기다렸다. 대문에서 울리는 캉 소리에 맞춰 식칼 손잡이를 자물쇠에 휘둘렀다. 식칼을 고쳐 쥐고 다음 쇳소리를 기다렸다. 이어지는 쇳소리에 맞춰 손잡이로 자물쇠를 내리쳤다. 문고리에 걸려 있던 자물쇠 고리가 힘없이 끊어졌다.

해는 식칼을 마룻바닥에 내려두고 안방으로 들어갔다. 원래부터 문틀이 뒤틀린 안방 문은 꽉 닫히지 않았다. 해는 어쩔 수 없이 방문 닫는 것을 포기하고 등잔 심지에 부싯돌을 튀겼다. 몇 번의 불꽃이 튀고 기름을 먹은 심지에 불이 붙었다.

이제 준비는 끝났다. 해는 방 한가운데 잠자코 앉아 때를 기다렸다.

어찌 된 자물쇠가 이리도 튼튼한지 짱돌로 수십 번을 내리
쳤지만, 흠집밖에 나지 않았다.

범 씨의 얼굴에 땀이 비 오듯 흘러내렸다.

"아얏."

손가락을 찧은 범 씨가 냅다 돌을 집어 던지고 검지를 입
에 넣었다. 피가 흐르는 손가락을 쭉쭉 빨다가 깜짝 놀라 빼
냈다. 상처가 난 손가락을 반사적으로 잘근잘근 씹어대고 있
었다. 이빨로 물어뜯어 벌어진 상처에서는 처음보다 더 많은
피가 흘러나왔다.

"씨팔. 못 해 먹겠네."

짜증이 치솟았다.

장터에서 만난 이씨 부인을 살살 꼬드겨 사는 곳을 알아낼

때만 해도 오늘 일진이 수월할 줄 알았다. 그러나 막상 집을 눈으로 확인하니 그리 쉬워 보이지만은 않았다. 집을 빙 둘러싼 높다란 담장에 창문이라고는 집 뒤편에 난 작은 사각 창 하나가 전부. 게다가 딸내미가 절대로 집 밖에 나가면 안 되는 것처럼 밖에서 대문을 걸어 잠그기까지.

이씨 부인의 소지품을 뒤져보지 않은 것이 못내 후회됐다. 기껏 공들여 칼을 갈아 부인의 손과 얼굴 가죽을 기가 막히게 발라냈는데 보기 좋게 실패하니 부아가 치밀었다.

이내 범 씨의 한쪽 입꼬리가 씨익 올라갔다.

인제 와서 포기할 수는 없다. 애쓴 만큼 충분히 가치 있는 사냥감은 분명했다.

대문 틈 사이로 목격했던 소녀의 작고 고운 얼굴. 희고 보드라운 살결. 분명 전에는 느껴보지 못한 천상의 맛이리라.

범 씨는 침을 꼴깍 삼켰다.

부인과 딸내미 단둘이 사는 주제에 대체 얼마나 대단한 여식이기에 그리 애지중지 가두고 사육했는지 내 두 눈으로 똑똑히 확인하리라.

범 씨의 눈빛이 이글이글 타올랐다. 범 씨는 관자놀이에 손가락을 짚고 생각에 잠겼다.

쇠톱이라도 가져오지 않는 한 대문은 틀렸다. 사다리라도 가져오지 않는 한 월담도 틀렸다. 남은 건 하나. 내 몸 하나가 간신히 들어갈 정도의 창문뿐. 무슨 놈의 집구석에 창문이 하나뿐이란 말인가. 아무리 봐도 집이 아니라 오랑캐를 막기 위한 요새 같았다. 대문으로 추정했을 때 창문 역시 밖에서 잠갔을 것이다. 그게 아니라면 대문 밖을 자물쇠로 잠근 의미가 없다.

서두르지 말자. 느긋하게 생각하자. 어차피 먹이는 스스로 나올 수 없는 독 안에 든 쥐가 아닌가.

범 씨는 콧노래를 흥얼거리며 천천히 집 뒤편으로 걸어갔다. 뒷짐 진 손에는 피투성이의 식칼이 들려있었다. 담장을 따라 걸어가자 중앙에 사각 창문이 있었다.

"옳거니."

범 씨가 기뻐하며 손가락을 튕겼다. 역시 예상대로 양 여닫이 창문 바깥쪽 고리에 작은 자물쇠가 걸려있었다. "진작 이리로 올 것을. 쳇." 대문에 들인 시간과 공이 아까워 혀를 찼다.

범 씨는 작은 자물쇠를 살펴보았다. 이 정도면 그리 어렵지 않게 깨부술 수 있을 것 같았다. 짱돌을 집어 들 것도 없이 들고 있던 식칼 손잡이로 자물쇠를 내리쳤다. 두, 세 번의 시도 끝에 자물쇠 고리가 힘없이 떨어졌다.

범 씨는 바로 창문을 활짝 열어젖혔다.

"욱."

범 씨가 바로 코를 부여잡고 인상을 찌푸렸다. 고약한 오물 냄새가 훅 끼쳤다. 입맛 떨어지게 대체 이게 무슨 냄새람. 장터 상인들에게 딸 자랑을 그렇게 하더니만 막상 집안일은 손 하나 까딱 안 하나 보군.

구역질이 일었지만, 냄새를 논할 때가 아니었다. 범 씨는 일단 창에 최대한 근접해 내부를 살폈다. 집안 내부는 굉장히 어두웠다. 다만 왼편 방에서 새어 나오는 빛에 그림자가 마루까지 길게 꼬리를 늘여와 대강의 윤곽을 파악할 수 있었다.

요 계집년 어디 숨었나.

어느새 입안에 침이 한가득 고였다.

창문 주변으로 아무도 없는 것을 확인한 범 씨는 창을 타고 넘었다. 대청마루를 중심으로 양 끝으로 방이 마주한 구조였다. 창문이 있는 벽 오른쪽으로 4단 선반과 뒤주 왼쪽으로 3단 수납장이 늘어서 있었다.

범 씨는 불 켜진 왼쪽 방에 시선을 고정했다. 범 씨는 속으로 쾌재를 불렀다. 고생스럽게 찾으러 다닐 필요가 없었다. 맹장지에 앉아있는 계집의 그림자가 비쳤기 때문이다. 범 씨는 바지 허리춤에 꽂은 식칼을 다시 빼 들었다. 발끝으로 소리를 죽여 서서히 다가갔다. 마침 맹장지 문틈이 살짝 열려 있었다. 범 씨는 문틈 안을 슬쩍 쳐다봤다.

"헉!"

범 씨는 숨을 집어삼켰다. 문틈을 주시하고 있던 소녀와 눈이 딱 마주쳤다. 겁에 질려 벌벌 떨고 있을 거라 여겼던 범 씨는 예상치 못한 상황에 얼어붙어 버렸다.

소녀는 범 씨의 눈을 그대로 주시한 채 씨익 웃었다. 그리고 소녀의 앞에 있던 등잔불에 '후'하고 입바람을 불었다.

등잔의 불이 꺼지고 집안은 순식간에 암흑 속으로 침잠됐다.

몸종 언년이가 씩씩거리며 대문을 두드렸다. 자물쇠가 걸린 대문이 거칠게 흔들렸다.

옆 마을에 사는 팥쥐의 심부름으로 아침부터 먼 길을 걸어온 언년이는 화가 치밀었다. 팥쥐는 꼭 일월마을에 사는 이씨 부인의 떡이어야 한다고 콕 집어 말했다. 언년이는 콩쥐를 보내려 했지만, 콩쥐는 돌밭을 일구러 가야 했기에 어쩔수가 없었다.

"망할 팥쥐 년 같으니. 아침도 거하게 처먹어 놓고 무슨 찹쌀떡이 또 먹고 싶다고…. 아우. 짜증 나. 그나저나 안에서는 대체 뭘 하는 거야."

언년이는 신경질적으로 대문을 쾅쾅 쳤다.

그러나 역시 대문 안쪽은 잠잠했다.

"아무도 없나."

먼 길을 온 것보다 소득 없이 돌아가는 것이 더 싫었다.

꼼쥐가 또 얼마나 개짜증을 낼지 감조차 오지 않았다. 그때 언년이의 귀에 뭔가가 들렸다. 감이 너무 멀어 무슨 소리인지 알 수가 없었다. 언년이는 고개를 두리번거리다 대문 안에서 들리는 소리라는 것을 알아챘다.

숨을 죽이고 대문 틈에 귀를 가져갔다.

"…살려…요."

언년이는 귀를 떼고 눈만 꿈뻑꿈뻑 거렸다.

"뭐? 뭘 살려?"

언년이는 다시 대문 틈에 귀를 바짝 댔다.

"살려…요…. 안에… 사람이 죽었… 포졸을… 주세요."

대관절 무슨 소리인가.

언년이는 대문 안으로 힘껏 소리쳤다.

"잘 못 들었어요. 한 번 더 말해주세요."

그리고 다시 대문에 귀를 댔다.

"사람…주세요. 집 안에… 죽었어요. 포졸… 불러…요."

언년이는 집안에서 들리는 소릴 재조합해봤다.

"사람. 살려주세요. 집. 안에 사람이 죽었어요. 포졸을. 불러 주세요?"

언년이 눈을 동그랗게 떴다.

"어머나 세상에!"

언년이는 급히 몸을 돌려 관아로 뛰어갔다.

잠시 후 언년이가 부른 포졸 두 명이 이씨 부인의 집에 도착했다. 포졸은 집안에서 들리는 소녀의 목소리를 다시 확인한 뒤, 쇠망치를 가져와 대문에 걸린 자물쇠를 때려 부쉈다.

마침내 대문을 열고 마당으로 들어간 포졸들은 경악했다. 대청마루와 벽 그리고 마당이 온통 피투성이였다. 정면으로 작은 창이 활짝 열려 있었고 오른쪽 방문 앞에 피투성이의 누군가가 쓰러져 있었다. 누구인지는 몰라도 숨이 붙어있지 않은 건 확실했다. 가슴팍에 식칼이 손잡이 부근까지 깊이 박혀 있었다.

"여, 여보게. 이자 머⋯ 머리가 없어."

쓰러진 이를 살피던 포졸이 더듬거리며 말했다.

"머리는⋯ 여기 있네."

반대편을 살피던 포졸이 4단 선반 위를 가리키며 말했다.

피투성이 머리의 왼쪽 눈에도 식칼이 깊숙이 박혀 있었다.

포졸들은 혀를 내둘렀다. 머리나 몸통이나 어디 하나 성한 곳이 없었다. 식칼로 찌른 자상이 수십 아니, 수백 개나 있었고 자상에서 흘러나온 혈액의 양 또한 어마어마했다. 마루에 고여 있던 혈액이 디딤돌을 거쳐 마당까지 흘러나왔다. 흩뿌려진 피를 밟지 않고는 도저히 마루에 오를 수가 없었다. 시체에 붙은 파리 새끼들이 어지러이 날아다녀 정신이 하나도 없었다.

이토록 참혹한 사체는 두 포졸 모두 본 적이 없다고 했다.

그때 오른쪽 방 안에서 앳된 소녀의 목소리가 들렸다.

"살려주세요. 시신이 문을 막고 있어 나갈 수가 없어요."

포졸은 급히 시신을 치우고 피를 흡수해 붉게 변한 맹장지를 열어젖혔다. 안에는 소복을 입은 소녀가 덜덜 떨고 있었다. 겁에 질려서인지 소녀의 얼굴은 시체처럼 창백해져 있었다.

"너, 너무 무서워서… 방문을 막고 있는 시신을 치울 엄두가 나지 않았어요. 흐흑."

소녀의 눈에서 닭똥 같은 눈물이 뚝뚝 떨어졌다.

정말로 소녀는 이 참혹한 살인 사건과는 전혀 상관이 없다는 듯 소복 어디에도 피가 한 방울 튀어 있지 않았다.

관아에서 추가로 포졸들이 몰려와 사건에 대한 조사를 시작했다.

소녀는 원님에게 머리를 조아리고 고했다.

소녀 혼자 집을 지키던 중 창문을 따고 괴한이 침입하였고 겁을 집어먹은 소녀는 내내 안방에 숨어있었다고 진술했다.

문밖의 괴한은 갑자기 나타난 누군가와 격투를 벌였고 그 바람에 괴한은 죽은 것 같다고 했다.

현장을 조사한 포졸은 대청마루에서 두 사람의 격투 흔적이 있었고 괴한을 죽인 범인은 열려 있는 창문으로 도주한 것 같다는 의견을 덧붙였다. 또한 시체를 인위적으로 끈 흔적이 없었고 피가 묻은 옷도 집 안 어디에도 없었다.

자물쇠가 밖에서 잠긴 이유에 대해서는 평소 엄마인 이씨 부인이 애지중지하는 딸이 밖에 나도는 것을 좋아하지 않아 그리했다고 설명했다.

첫 현장을 방문한 포졸들의 진술로 소녀는 무고를 인정받았다.

마당에서 발견된 이씨 부인의 얼굴과 손 가죽 그리고 괴한과 소녀가 나눈 대화를 토대로 이씨 부인은 집으로 돌아오던 중 괴한에 의해 살해된 것으로 추정됐다.

이씨 부인을 먹은 식인범을 죽인 살인범은 피 묻은 족적 외에 별다른 흔적을 남기지 않고 도주하여 확인이 불가했다.

다만 현장과 소녀의 증언으로 추정했을 때 사건의 정황은 이랬다.

식인범을 따라 창문을 타고 집안에 침입한 또 다른 살인범이 식인범을 살해했다. 아니면 애초부터 식인범과 살인범은 공범으로 둘 다 집안에 침입했지만, 모종의 이유로 다툼을

벌이고 살인범이 식인범을 살해했다.

두 가지 추정 모두 뒷받침할 만한 증거는 없었다.

그저 추측일 뿐이었다.

수사는 별다른 진전 없이 중단되었고 식인귀 살인 사건은
미해결사건으로 일단락됐다.

[다시 일요일 오전 1시 45분]

클클클. 드디어 넘어왔다.

이리되면 사람 잡아먹는 저 미친놈이 내 은인인 셈인가. 클클클. 감사하는 마음만큼 찔러주마.

캉캉거리는 쇳소리가 좁은 공간에 시끄럽게 울렸다. 쿵쿵. 그때 달이 코를 벌렁거렸다.

음. 향긋한 살결 냄새. 뒤이어 대문의 쇳소리와 때를 맞춰 둔탁한 소리가 들렸다. '철커덩.' 마침내 단 한방에 나를 속 박하던 자물쇠가 풀렸다.

처음으로 쓸모 있는 짓을 했구나. 동생아.

꼬박 나흘 만인가. 이거 어쩌나 어미여. 그렇게 죽기를 바라던 내가 당신보다 오래 살게 됐으니 말이야. 클클클.

이어서 몇 발자국 뒤 대문의 쇳소리에 맞춰 안방 자물쇠를 부수는 소리가 들렸다.

— 칼은 바닥에 놨어.

'오냐. 이제 가서 내 신호에 맞춰 불을 꺼라.'

해의 달큰한 체취가 멀어졌다.

나는 온몸에 힘을 끌어모았다.

이곳에 갇힌 뒤 해가 어미 몰래 흘려준 물과 생쌀 몇 알밖에는 먹은 게 없다. 하지만 할 수 있을 것 같았다. 피가 미친 듯이 끓어오르기 때문이다. 옆집 꼬마를 죽인 이후로 몇 년 만의 살인인가. 다가올 살인의 설렘과 흥분에 몸이 새빨갛게 달아올랐다.

나는 해보다 삼 분 먼저 세상에 나왔다.

어미의 다리 사이에서 나를 본 산파는 충격에 해를 받기도 전에 실신해버렸다. 날 때부터 온몸에 새카만 털이 자라있었고 등은 꼽추처럼 굽어 있었다.

마치 커다란 쥐새끼 같았다.

엄마는 산파에게 돈을 쥐여주고 내 존재를 발설하지 말아달라고 했다. 약조한 산파가 집을 떠난 뒤 어미는 제 손으로 보자기에 싸인 나를 마당에 던져버렸다.

몸을 추스른 어미는 마당에 있는 날 보고 깜짝 놀랐다.

진즉에 죽었을 거로 생각한 내가 여전히 살아있었다. 마당에서 키우던 복순이의 새끼들 사이에서 머리를 파묻고 젖을 빨고 있었기 때문이다. 그 뒤로 나는 집이 아닌 마당 곁에 붙은 창고에서 짐승처럼 길러졌다.

어미의 정이란 것을 받아 본 적이 없어서일까.

나는 자라수록 포악하고 난폭해졌다. 큭큭큭. 변명은 하지 않겠다. 내 성정 자체가 악함. 그 자체였다. 스스로 걸음을 떼던 날, 날 키워준 복순이를 내 손으로 난도질했다. 오로지 피를 보고 싶어 참을 수 없었다.

그 뒤로 어미는 나를 두려워했다.

더 이상 나를 없애려는 생각 자체를 하지 못 할 정도로. 대신 나를 사람들로부터 감추는 것에 급급했다.

당장 집의 담장을 높여 아무도 집안을 들여다볼 수 없도록 했다. 나를 창고에 밀어 넣고 자물쇠를 잠가 버렸다. 혹시라도 도망치지 못하도록 대문과 창문에도 자물쇠로 걸어 잠갔다.

오직 동생 해만이 나를 챙기고 음식을 가져다주었다.

동생의 혼기가 다가오면서 어미의 인내심은 바닥난 듯했다. 나를 창고에서 꺼내 뒤주 속에 집어넣고 자물쇠를 잠근 게 나흘 전이다. 그렇게 나를 굶겨 죽이려던 심산이었으리라.

하지만… 난 살아남았다.

그리고 이제는 자유까지 얻었다.

'큭큭큭.'

사실 어미는 전혀 몰랐던 것이 있다.

쌍둥이인 해와 나는 신묘한 능력을 타고났다. 입으로 내뱉지 않고도 머릿속으로 대화할 수 있는 능력이었다. 말뿐만이 아니라 서로의 감정도 그대로 전달됐다.

그 때문에 해는 언제나 괴로워했다. 창고에 갇힌 채 어미에 대한 원망과 고통, 피를 갈구하는 나의 어두운 감정이 해에게 그대로 흘러들었기 때문이다. 급기야 해 스스로 목을 매 자살 기도를 하기도 했다. 뭐 보기 좋게 실패했지만. 큭큭큭. 멍청한 년. 그런 유약한 성격으로 뭘 하겠는가.

잠시 옛 생각에 빠져있던 사이 집 뒤편으로 콧노래 소리가 들렸다.

미친놈. 아주 신났구먼. 신났어. 큭큭큭.

좁고 어두운 곳에서 자라온 탓일까. 나는 보통 사람들보다 오감이 비약적으로 발달했다. 다리도 펼 수 없는 이곳에 갇혀 있어도 바깥 상황이 눈에 훤했다.

드디어 놈이 창문을 따고 대청마루에 들어왔다.

나는 공식적으로 이 집안에 '없는' 사람이다. 놈은 내가 있는 줄은 꿈에도 생각 못 할 것이다.

마룻바닥이 삐걱거리는 소리가 서서히 멀어졌다. 맹장지에 비친 해의 그림자를 본 것이리라.

흐흐흐흐흐. 이제 시작이다.

'이제 됐다. 등잔불을 꺼라!'

나는 뒤주 뚜껑을 여는 동시에 해의 머릿속에 대고 소리쳤다.

내가 뒤주를 빠져나오자마자 집 안은 짙은 어둠 속에 휩싸였다. 등잔불을 봤던 놈의 눈은 어둠에 익숙해지기까지 시간이 걸릴 것이다. 하지만 나는 엉거주춤 서 있는 놈이 대낮처럼 환히 보였다.

뒤주 아래에 해가 두고 간 식칼을 들고 곧장 놈을 향해 돌진했다.

푸욱.

아아아…. 그래. 이거야. 이거였어.

피부가 따가울 정도로 강렬한 소름이 전신을 휩쓸었다.

칼끝이 놈의 허벅지 피부를 찢고 근육조직을 갈랐다. 내 손에 닿은 그 근육의 미세한 떨림에 쾌감이 솟구쳤다. 예상치 못한 일격에 놀란 놈이 재빨리 식칼을 휘둘렀다. '쐭' 소리와 함께 칼날이 내 머리카락을 스쳐 지나갔다.

역시 여러 사람을 해체한 만큼 칼 솜씨가 보통이 아니다. 내 등이 굽어 있지 않았다면 놈의 칼은 내 이마를 갈랐을 것이다. 나는 정신을 집중하고 허벅지에 꽂은 칼을 빼 놈의 갈

비뼈 사이를 빠르게 세 차례 찔렀다.

삐거걱.

칼끝이 갈비뼈 사이를 스치며 깊숙이 박혔다 빠졌다.

큭큭큭.

이제 끝났다. 심장을 마구 들쑤셔 놨으니 이제 곧 숨을 거둘 것이다. 예상대로 잔기침하는 놈의 입에서 피가 터져 나왔다. 가까스로 서 있던 놈이 스르르 바닥에 주저앉았다.

자. 이제부터는 여흥이다. 원 없이 찔러주마.

— 오, 오라버니. 인제 그만 해.

'닥쳐라! 이제부터 즐기려던 차에 김빠지는 소리를. 넌 잠자코 있으렷다.'

하하하하. 하하하하하하! 그래. 이거야. 이 느낌. 이거라고! 하하하하핫!

미친 듯이 놈을 찔러대자 아직 숨이 붙어있는 놈의 비명과 안방에서 질러대는 해의 비명이 더해져 쾌감을 증폭시켰다.

한참 동안 시신을 쑤셔대 더 이상 꽂을 곳이 없어지자 이내 흥미가 떨어졌다.

이 정도면 됐다 싶었다.

나는 활짝 열린 창문을 타고 넘어갔다.

칠흑 같은 어둠이 걷히고 멀리서 동이 트고 있었다.

고개를 돌려 마지막으로 집을 한 번 훑어봤다. 지금까지 살아온 인생이 주마등처럼 스쳐 갔다.

　나는 피 묻은 식칼을 꼭 움켜쥐고 뒷산으로 난 오솔길을 달려갔다.

[그 후]

　참혹했던 사건은 사람들의 기억 속에서 차츰 희미해져 갔
다.

　홀로 남은 소녀를 가엾게 여긴 마을 사람들은 물심양면으
로 소녀를 도왔다.

　이 사건으로 식인귀가 죽었으니 산길에서 연이어 발생했던
실종사건은 더 이상 발생하지 않아야 마땅했다. 하지만 이상
하게도 실종자가 줄어든 반면 살해된 시체가 늘어나니 사람
들은 이를 두고 식인귀가 가고 살인귀가 왔다고 수군거렸다.

　동에 번쩍 서에 번쩍 신출귀몰한 살인귀는 그 누구도 제대
로 목격한 사람이 없었다.

　소녀의 얼굴에 드리운 그늘은 좀처럼 나아지지 않았다.

　마을 사람들은 비극적인 사건을 떨쳐내지 못하는 소녀를

안타까워했다.

마을의 어느 사람도 알지 못했다.

매일 밤 살육을 저지르는 달의 감정이 해에게 그대로 전이되고 있다는 것을.

낮에는 조신한 그녀가 밤마다 달이 저지르는 살인의 쾌감에 흥분하고 새벽녘이 되어서야 밀려드는 죄책감에 몸부림치는 것을.

밤낮이 다른 소녀의 이중생활을 아는 이는 오직 살인귀 달 뿐이었음을 아무도 몰랐다.

연쇄
도살마

옛날 옛적 한 옛날에,

아들만 셋을 둔 부부가 살고 있었다.

선대로부터 물려받은 재산을 기본으로 남부럽지 않게 살던 부부에겐 한 가지 간절한 소원이 있었으니. 바로 귀여운 딸 하나를 갖는 것이었다.

아들 셋을 내리 낳고 딸을 갖기 위해 노력했지만 좀처럼 부인에게서는 태기가 보이지 않았다. 그렇게 오 년이 지났다. 참다못한 아내는 첫째 아들을 임신했을 때처럼 수소문하여 딸을 들인다는 산속 깊은 암자에 찾아가 매일같이 정성을 다해 치성을 드렸다.

아내의 간절한 청이 하늘에 닿았던 것일까.

기도를 드린 지 백 일 만에 아내는 임신에 성공하고 모두의 기대 속에 마침내 귀하디귀한 딸을 순산했다.

부부는 이 딸아이에게 아름다울 美에 좋을 好.

미호라는 이름을 지어주었다.

미호는 아무런 탈 없이 무럭무럭 자라났다.

열일곱 일남, 열여섯 이남, 열다섯 삼남 그리고 열 살 미호까지.

금지옥엽 애지중지 키운 딸은 세 형제와 사이좋게 지내며 집안에 웃음꽃을 피워주었다. 하지만 미호가 열 살이 되던 해부터 집안에 이상한 일이 하나, 둘 벌어지기 시작했으니….

그것은 괴이라고밖에는 달리 설명할 말이 없었다.

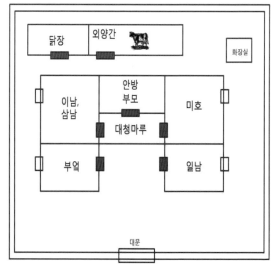

<미호네 집 구조도>

"아니. 또, 또 죽었단 말이냐."

이남은 아침부터 시작된 아버지의 목소리에 잠에서 깼다.

"대체 이게 무슨 일인지. 원···. 벌써 열 번째다. 열 번째!"

"아버님. 저도 무슨 영문인지 도통 모르겠습니다."

이남은 이불에 누운 채로 한숨을 푹 쉬었다.

또 죽었단 말인가.

얼마 전부터 집에서 기르던 닭들이 이유도 없이 죽어 나갔다.

총 열 마리였던 닭이 보름달이 뜨는 밤마다 한 마리씩 죽어 나갔고 바로 어젯밤 마지막 남은 닭이 죽어버렸다. 문제는 열 마리가 다 죽어 나갈 때까지도 명확한 급사의 이유를 찾지 못했다는 것이다. 차라리 뚜렷한 외상이라도 있었다면 들짐승의 소행이라 여겼을 것이다.

하지만 닭은 작은 생채기 하나 없이 깨끗했다.

이남은 아직도 꿈나라인 삼남을 두고 부스스 자리에서 일어났다. 방문을 여니 대청마루에 서 있는 아버지의 얼굴이 울그락불그락 했다.

마당으로 고개를 돌리자 잔뜩 어깨를 움츠린 일남과 그 발 아래 숨이 끊어져 뻣뻣하게 굳은 장닭이 있었다.

일남이 아침 일찍 일어나 닭장을 확인한 것이리라.

"이제 닭은 전부 아작이 났구나. 다음 차례는 황소인가."

아버지의 말에 일남이 화들짝 놀랐다.

"설, 설마. 소까지 죽어 나가겠습니까? 너무 심려치 마십시오. 아버님."

아버지는 심각한 표정으로 턱수염을 쓰다듬었다.

"그거야 모르는 일 아니더냐."

곰곰이 생각하던 아버지가 뭔가 떠오른 듯 말했다.

"자 이렇게 해보자. 다음 돌아오는 보름밤에는 맏이 네가 밤새 외양간을 지켜보아라. 알겠느냐? 이제 세 마리 남은 소는 어떻게든 지켜야 한다."

순간 일남의 얼굴에 낭패감이 비쳤지만 금세 평정을 되찾았다. 하지만 일남의 왼쪽 관자놀이에 패인 흉터는 여전히 미세하게 떨렸다.

"알겠습니다. 아버님."

그제야 아버지가 고개를 돌려 멀거니 서 있던 이남을 봤다.

"해가 중천에 떴거늘 이제야 기어 나오느냐. 쯧쯧쯧."

이남은 고개를 떨궜다. 얼굴이 화끈거려 고개를 들고 있을 수가 없었다.

삼남과 미호는 아직 일어나지도 않았건만.

이남은 자신에게만 유독 혹독하게 질책하는 부모가 불만이었다. 일남은 집안의 맏이라고 장남 대우를 해줬다. 삼남은 미호가 태어나기 전까지 막내로 귀여움을 받았다. 미호가 태어난 이후부터는 미호가 막내로서 부모님의 모든 사랑을 독차지했다. 결국 중간에 낀 이남만이 부모의 질책과 구박을 받아온 셈이다. 하지만 이남이 불만을 겉으로 내색한 적은 없었다. 여우 같은 막내 미호가 식구들의 갈등을 기막히게 조율했기 때문이다.

이윽고 시간은 쏜살같이 흘러 다음 보름이 찾아왔다.

책임감 있는 일남은 저녁 식사부터 각오를 단단히 다지는 얼굴이었다.

밥숟가락을 뜨는 둥 마는 둥 유난히 굳어있는 일남을 본 미호가 얼굴을 들이밀고 간드러지게 물었다.

"오라버니. 오늘따라 왜 이렇게 긴장하시우?"

일남의 굳은 얼굴이 순식간에 풀어지고 홍조가 피어올랐다.

"아, 아무것도 아니다. 넌 아무 걱정하지 말고 푹 자면 된다."

"걱정? 무슨 걱정 말이우?"

영문 모를 말에 미호가 생긋 웃음 지었다.

일남은 그저 웃음으로 얼버무렸다.

사실 오늘 일남의 불침번을 알고 있는 사람은 보름 전 아침에 함께 있었던 아버지와 이남 밖에는 없었다. 어머니와 삼남, 미호에게는 괜한 심려를 끼칠까 우려해 함구하고 있었다.

"하아아아암."

저녁으로 상추쌈을 많이 먹었더니 슬슬 졸음이 밀려왔다. 어차피 일남이 맡은 일이라 내 알 바 아니라는 듯 이남은 늘어지게 하품을 했다.

"에헴!"

그때 이남의 맞은편에 앉은 아버지가 이남을 노려보며 헛기침을 했다. 이남을 쏘아보는 눈빛에는 수많은 의미가 담겨 있었다. 이남은 슬그머니 눈을 내리깔았다.

"형님 혼자 괜찮겠수?"

이남이 슬쩍 물었다.

"그래. 괜찮다. 내 걱정하지 말고 넌 푹 쉬어라."

일남이 대수롭지 않게 말했다.

"뭐 별일이야 있겠수. 하하. 오늘 못 잔 것 내일 합쳐서 푹 쉬시구려."

이남의 말에 일남이 웃으며 고개를 끄덕였다.

얼마 전 산속에 나무를 하러 간 일남은 산짐승의 습격을 받아 크게 다쳐 피투성이가 되어 돌아왔다.

여기저기 발톱에 긁혀 상처가 났는데 그중에서도 왼쪽 팔뚝의 부상이 가장 심각했다. 날카로운 이빨에 살점이 뜯겨나가 한동안 팔을 쓰지 못했었다. 새살이 차올라 딱지가 떨어진 지금도 왼쪽 팔은 후유증이 남아있는지 이전처럼 자유롭게 쓰지 못했다.

서늘한 바람이 부는 가을로 접어들면서 눈에 띄게 해가 짧아졌다.

가족은 저녁 식사를 마치고 잠시 쉬었다가 일찌감치 각자 방으로 들어갔다. 곧이어 하나, 둘 방의 불이 꺼지고 잠자리에 들었다. 일남을 제외하고 말이다.

이남은 자리에 눕자마자 코를 골며 잠에 빠졌다.

시간이 얼마나 흘렀을까.

'삐거덕.'

한참 단잠에 취한 이남의 귀에 나무가 맞물리는 소리가 들린 것 같았다. 하지만 이남은 몸을 뒤척인 뒤 다시 잠을 청했다.

긴긴밤이 지나고. 여지없이 아버지의 노한 목소리에 이남은 잠에서 깨어났다.

이번엔 어찌나 목소리가 크던지 아침잠이 많은 삼남까지 깨어났다. 이남과 삼남이 부리나케 방 밖으로 나가자 지난 보름 때처럼 대청마루에 아버지가, 마당에 일남이 서 있었다. 아버지의 얼굴은 흡사 도깨비처럼 무섭게 일그러져 있었다. 일남은 큰 죄라도 지은 듯 어깨가 가늘게 떨렸다.

크게 호통을 치려던 아버지는 이남과 삼남을 보자 목소리를 낮추고 말했다.

"헛소리 집어치워라. 네 놈이 졸다가 꿈을 꾼 것이니라. 만이라고 오냐오냐해줬더니만 어디서 그런 망발을 늘어놓는 것이냐. 내 그렇게 안 봤거늘. 쯧쯧쯧. 다시는 입 밖에 꺼내지도 말거라. 알았느냐?"

일남은 침통한 표정으로 겨우 입을 열었다.

"네…. 아버님."

아버지가 쿵쾅거리며 마루를 지나 안방으로 들어갔다.

일남은 그제야 깊은 한숨을 푹 쉬었다. 도저히 상황이 이해되지 않는 이남이 일남에게 물었다.

"형님 무슨 일입니까. 외양간 소는 괜찮나요?"

일남이 수심이 가득한 표정으로 고개를 천천히 저었다.

"아니…. 죽었어. 닭들처럼 말이다."

삼남이 재빨리 끼어들었다.

"아버님은 그 때문에 저렇게 화를 내시는 건가요?"

일남은 이남과 삼남을 둘러보며 좀처럼 입을 떼지 못했다. 이윽고 일남이 안방을 쓱 쳐다본 뒤 두 형제를 끌고 집 뒤편으로 돌아갔다. 일남은 화장실 뒤에서 아무도 없는 주변을 두리번거렸다. 그러고 나서 잔뜩 목소리를 낮추고 말했다.

"지금부터 내가 하는 말을 잘 들어라. 절대 소리를 내선 안 된다."

갑작스러운 비밀이야기에 이남과 삼남이 숨죽였다. 일남이 말을 이었다.

"난 어젯밤 초저녁부터 외양간 뒤에 몸을 숨기고 소를 지켰다. 한동안은 아무 일도 없었어. 그런데 달이 가장 높이 떠오른 인시(새벽 3시)쯤 되었을까. 집 쪽에서 인기척이 들렸다."

이남과 삼남이 침을 꼴깍 삼켰다.

"그리고 누군가 소들이 잠자고 있는 외양간 안으로 들어왔다."

"누, 누구요. 그게?"

삼남이 엉겁결에 목소리를 높였다. 일남이 급히 삼남의 입을 틀어막았다.

"녀석아. 목소리 낮추라니까." 그러고 나서 일남은 더 낮은 목소리로 속삭였다.

"미호. 미호였다."

"!!!!!!!!"

이남과 삼남은 전혀 예상치 못한 말에 충격을 받았다.

"아니. 그 오밤중에 미호가 왜 외양간에 오겠소. 잘못 본 거 아니요?"

이남의 물음에 일남이 간밤의 일을 떠올리듯 눈동자를 위로 치켜떴다.

"맹세코 내가 잘못 본 게 아니야. 분명 미호였어. 조막만 한 미호가 사뿐사뿐 걸어 외양간으로 들어왔다. 그런데 미호 손에 뭔가 들려있더구나. 그것이 달빛에 반사돼 내 눈을 부셨거든. 모양이 딱 호리병 같았다. 근데 미호가 느닷없이 그 병을 손에 기울인 다음 두 손을 비비는 거야. 순간 난 병에 든 게 뭔지 알아챌 수 있었다. 참기름이었어. 고소한 냄새가 외양간에 진동했거든. 미호는 손으로도 모자라 소매를 어깨까지 걷고 팔 전체에 골고루 참기름을 발랐다. 그다음에 뭘 했는지 아느냐?"

일남이 잠시 뜸을 들였다가 말했다.

"자는 소의 항문에 손을 푹 찔러 넣었다."

"네?!"

"뭐라고요?!"

"조용 하래도."

이남과 삼남이 다시 입을 다물었다. 일남의 얼굴이 점점 창백해졌다.

"미호가 소 항문에 넣은 팔이 어깨까지 들어갔다. 그리고 안에서 팔을 휘젓는지 끙끙대더구나. 한참을 그러고 있더니 팔을 뺐다. 그런데 빠져나온 미호의 손에 뭔가가 쥐어져 있는 게 아니냐. 난 그걸 보고 너무 놀라 까무러치는 줄 알았다."

일남이 뜸을 들이자 삼남이 재촉했다.

"그게 뭐였는데 그래요. 어서 말해 봐요."

일남이 온통 인상을 찌푸렸다.

"바로 시뻘건 피가 뚝뚝 떨어지는 간이었다. 지금도 생생히 기억나. 갓 꺼낸 간에서 피어오르던 김이 말이야."

이야기를 듣던 이남과 삼남의 얼굴이 동시에 일그러졌다.

"그래서 그걸 어쨌수?"

"설, 설마. 지금 그걸 먹었다고 말하려는 건 아니겠죠?"

일남은 이남을 뚫어져라 쳐다본 뒤, 천천히 고개를 끄덕였다.

"이남 네 말이 맞다. 미호는 그 생간을 허겁지겁 씹어 먹었다."

이남은 말을 잇지 못했다. 그저 농담처럼 던진 말이었을 뿐인데….

이남은 아버지가 일남에게 진노한 이유를 알 것도 같았다.

자신도 일남의 말도 안 되는 이야기를 믿을 수가 없었기 때문이다.

이남의 표정을 본 일남이 덧붙였다.

"물론 믿을 수 없겠지. 그 여리고 조그만 동생이 그랬다는 게. 하지만 난 잠들지 않았어. 아니, 그 시간까지 자리를 비운 적도 없었다. 맹세할 수 있어. 분명히 이 두 눈으로 똑똑히 봤어. 정말이다. 그, 그건⋯ 나로선 그걸 도저히 설명할 방법이⋯."

이남이 서둘러 수습하듯 말했다.

"형님. 일단 좀 진정하세요. 뭔가 이유가 있지 않을까요? 갑자기 생간이 먹고 싶었다든지⋯."

삼남이 눈치 없이 끼어들었다.

"소 항문에 팔을 집어넣어 간을 빼먹다니요. 살면서 그런 소린 들어본 적이 없습니다. 형님. 미호가 요괴가 아니고서야⋯."

깜짝 놀란 이남이 삼남의 말을 끊었다.

"예끼! 이 녀석아. 말조심해라. 일단 연유를 알아낼 때까지는 함구하자꾸나. 너도 절대 형님이 본 내용을 발설해서는 안 된다. 특히 어머니와 미호에겐 말이다. 알겠느냐?"

곰곰이 생각하던 삼남이 고개를 끄덕였다.

"솔직히 믿기 힘들지만 일단 우리끼리 비밀로 해둡시다.

방법을 생각해보자고요."

두려움에 벌벌 떨던 일남도 일단 동의했다.

"일남 형님 모시고 먼저 방에 가 있어라."

"네. 형님."

삼남이 일남과 함께 방으로 향했다.

홀로 남은 이남은 외양간에 들어갔다. 외양간 안에는 일남의 말대로 아무렇지 않게 여물을 먹는 황소 두 마리와 혀를 쑥 내밀고 죽어있는 황소 한 마리가 있었다.

시체 냄새를 맡고 모여들었는지 파리 새끼들이 죽은 소의 콧구멍과 입안으로 연신 들락거렸다. 곧 이들이 까놓은 알이 부화하여 구더기들이 시체를 뜯어먹으리라.

이남은 죽은 소의 뒤로 돌아 쪼그려 앉았다.

확실히 죽은 소의 항문이 유달리 번들거렸다.

"이게 참기름이란 말이렷다."

굳이 손으로 찍어 맛을 보지 않아도 될 듯했다. 근처에 간 것만으로도 고소한 기름 냄새가 진동했기 때문이다.

"이제껏 죽어간 닭들도 이런 방식으로 죽었다는 말인가."

사실 닭들의 죽음 따위는 전혀 신경 쓰지 않았다. 다른 가족들 역시 마찬가지였으리라.

그때 간밤에 희미하게 들었던 나무가 맞물리던 소리를 떠올렸다.

꿈이 아니었나. 미호가 방에서 나오면서 대청마루를 밟는 소리였던가. 에이. 설마….

이남은 말도 안 되는 생각을 떨쳐버리기라도 하려는 듯 고개를 휘휘 저었다.

"오라버니. 거기서 뭐하우?"

"!!!!!!"

미호가 외양간 밖에서 고개를 쭉 내밀고 있었다. 순간 이남의 심장이 떨어져 나가는 줄 알았다.

"까르르르. 뭘 그리 놀라시우? 죄라도 졌수?"

"미호구나. 아, 아니다. 간밤에 황소가 죽어 나가는 바람에 직접 한 번 보러 왔다."

"아. 그렇구나. 저 누렁이는 자는 게 아니라 죽은 거였구나."

이남은 죽은 누렁이를 보며 웃음기를 가득 머금은 미호의 얼굴을 보자 갑자기 등골이 오싹해졌다.

분명 미호의 입은 웃고 있었지만, 눈은 전혀 웃고 있지 않았다.

삼 형제가 미처 머리를 맞대기도 전에 그날 오후 아버지는 이남을 긴히 불러 다음 보름날 밤 불침번을 서라고 명령했다.

이남은 묵묵히 고개를 끄덕일 수밖에 없었다.

아버지의 굳은 얼굴을 보니 차마 거부할 용기가 나지 않았다.

그날 저녁상은 소고기였다. 죽은 닭은 재수 없다며 내다버렸지만 죽은 황소는 도저히 그냥 버릴 수가 없다고 했다. 오랜만에 먹는 신선한 소고기에 미호와 삼남은 부모님의 근심도 잊은 채 함박웃음을 지었다. 미호는 여전히 밝았고 삼남은 일남의 말을 전혀 믿지 않는 눈치였으니 그럴 만도 했다.

고기를 먹던 이남은 한숨을 쉬며 아버지에게 푸념하는 어머니의 말이 귀에 꽂혔다.

"그런데 참 이상해요. 죽은 황소를 해체하라고 맡겼는데 백정 놈이 이상한 말을 하지 뭐에요. 소간이 없다나 뭐라나. 지들이 어디서 빼트려 놓고 없다고 오리발을 내밀지 뭐예요. 그냥 조용히 넘어가긴 했지만 하여튼 쌍것들은 거짓말을 입에 달고 산다니까…."

어머니의 말에 귀를 기울이며 무심코 육회에 젓가락을 가져가던 이남의 손등을 엄마가 찰싹 때렸다.

"애 그만 좀 먹어라 우리 미호 먹기에도 모자라겠다."

아버지 역시 이남을 버러지 보듯 바라보고 있었다.

이남은 쓴웃음을 지어 보였다.

'망할 막내 사랑 같으니라고.'

손등을 쓰다듬으며 부모님의 눈길을 피해 고개를 돌리니 온통 입가에 피를 묻히고 허겁지겁 육회를 먹는 미호가 보였다.

시간은 또 흐르고 흘러 다음 보름날 밤이 왔다.

불침번 당번인 이남은 방에 들지 못하고 외양간을 지켰다. 정신이 맑았던 저녁과는 달리 서서히 밤이 깊어지자 눈꺼풀이 무거워져 참을 수가 없었다.

"아함. 젠장맞을. 인시가 되려면 아직도 한참 남았는데 어떻게 기다리라는 말이냐."

하품으로 눈에 고인 눈물을 손등으로 훔친 이남이 외양간 뒷벽에 등을 기대고 주르륵 주저앉았다.

졸음이 쏟아져 도저히 참을 수가 없었다.

내적으로 갈등하던 이남은 결국 졸음과 타협하고야 말았다.

잠시만, 아주 잠시만 쉬자.

이남은 그렇게 앉은 채로 잠시 눈꺼풀을 닫았다.

"아야!"

느닷없는 충격에 골이 흔들렸다.

뒤통수를 어루만지며 눈을 뜬 이남은 까무러치도록 놀랐

다. 눈앞에 시뻘건 얼굴의 아버지가 도끼눈을 뜨고 있었다.

"이놈의 새끼가 밤새 망을 보라 했더니 자빠져 자고 있어! 네놈 때문에 이제 황소가 한 마리밖에 남지 않았다. 네 이놈을 그냥!"

아버지가 손에 든 몽둥이로 냅다 후려치려 하자 뒤에 있던 일남이 아버지를 뜯어말렸다.

"고, 고정하세요. 아버지. 이남이 일부러 잤겠습니까. 이남아, 얼른 방으로 들어가라."

"이거 놔. 이거 놓으라니까."

몽둥이를 든 아버지와 뜯어말리는 일남이 엎치락뒤치락했다. 가만히 있다간 맞아 죽을 판이었다.

그때 이남이 무릎을 꿇고 머리를 땅에 처박으며 외쳤다.

"봤어요. 봤습니다. 제가 봤습니다!"

아버지와 일남이 동시에 이남을 쳐다봤다.

"무얼 말이냐?"

아버지의 물음에 이남이 재빨리 대답했다.

"막내가 외양간에 들어가는 걸 제가 봤습니다."

엉겁결에 이남은 최악의 한 수를 두고 말았다. 이남의 말에 아버지의 화가 머리끝까지 솟구쳤다.

"이놈이 어디서 거짓부렁을! 네 놈의 세 치 혀를 당장 뽑아야겠다."

"아버지 고정하세요."

"살려주세요."

야단법석을 피우는 아버지를 말리러 어머니까지 달려 나왔다.

"아이고. 이게 대체 무슨 일이라니. 여보, 고정하세요."

일남과 어머니는 아버지를 끌다시피 방으로 들여보냈다.

그날 아버지는 절대 가족의 짓이 아니라며 담장 둘레에 날카롭게 벤 죽창을 박아 넣고 대문을 걸어 잠글 커다란 자물쇠를 구해왔다.

이로써 집은 외부와 완전히 고립됐다.

매일 밤 집 밖에서는 아무도 집 안으로 들어올 수 없고 식구들 역시 문이 잠긴 집 밖으로 나갈 수 없게 됐다.

그리고 마지막 황소를 지키는 임무는 열다섯 살인 셋째 삼남에게 맡겨졌다.

그날 저녁도 소고기 잔칫상이 열렸지만, 집안 분위기는 말이 아니었다.

사정을 모르는 미호만 마냥 밝게 웃으며 육회를 흡입했다.

시간은 쏜살같이 흘러 다음 보름날이 왔다.

삼남은 아침부터 겁에 질린 얼굴로 긴장했다. 그럴 리가 없다면서도 미호를 힐끔힐끔 훔쳐봤다.

일남은 온종일 아버지를 쫓아다니며 미호의 방문을 걸어 잠가야 한다고 설득했다.

내내 일남의 말을 무시하던 아버지는 결국 화를 참지 못하고 일남의 뺨을 후려갈겼다. 아버지는 역정을 내며 한 번만 더 그 소리를 입 밖에 꺼내면 집에서 영영 내쫓을 거라고 못 박았다. 볼이 시뻘겋게 부은 일남은 한참을 마당에 엎드려 말없이 눈물을 뚝뚝 떨어뜨렸다.

해가 서산으로 기울 무렵 아버지는 여지없이 대문 자물쇠를 걸어 잠갔다.

저녁 시간이 되어 자신의 방에 처박힌 일남을 부르러 간 이남은 방안이 텅 비어있는 것을 발견했다. 화장실이며 외양간 등 온 집안을 다 뒤졌으나 일남은 어디에도 없었다. 그러다 일남의 책상 위에 붓으로 정갈하게 쓴 쪽지를 발견했다.

쪽지에는 이렇게 쓰여 있었다.

'더 이상 거짓을 고하는 아들로 남고 싶지 않습니다. 가축 도살마의 정체를 밝힐 방도를 구해 오겠습니다. 아버님. 불초 소자를 용서해 주십시오.'

가축 도살마는 미호를 뜻하는 것이리라.

이남에게서 편지를 건네받은 아버지는 그 자리에서 편지를 갈기갈기 찢어발겼다.

저녁 식사를 마치자 해는 완전히 지고 어둠이 내려앉았다.

일남도 없는 마당에 이남이 가만히 손을 놓고 있을 수는 없었다. 해가 질 때까지 기다린 이남은 조용히 텅 빈 방을 나왔다. 구름이 가득 낀 하늘에서 추적추적 가을비가 내리고 있었다. 빗발이 굵어지는 걸 보니 가을비답지 않게 밤사이 꽤 쏟아질 것 같았다.

이남은 발소리를 죽이고 남몰래 부엌으로 향했다.

<미호의 신발 자국>

날이 밝기 무섭게 이남이 눈을 떴다.

이남은 바로 방문을 열고 나가 마루를 살폈다. 그리고 안 방 방문을 열었다.

차가운 바깥 공기가 방 안의 공기와 섞이면서 부모님이 잠에서 깼다. 이남은 간단히 문안 인사를 올리고 발길을 옮겨 미호의 방문을 열었다. 방안은 차가운 공기만이 감돌았다. 방 안에는 주인 없는 이불만 깔려있었다. 미호의 방문을 닫으려던 이남은 문틈에 낀 노란 터럭을 주웠다. 이남은 그것을 주머니에 넣고 부엌과 일남의 방을 열었다. 모두 비어있었다.

밤사이 쏟아지던 비는 완전히 그치고 해가 떠올랐다. 간밤에 내린 비로 땅이 물러 마당에는 신발 자국이 찍혀있었다.

이남은 차분히 흙바닥에 깊이 팬 신발 자국을 따라갔다. 신발 자국은 마루에서 집을 돌아 외양간으로, 그리고 외양간에서 화장실 사이 뒷벽에서 끝나 있었다. 밤사이 누군가 방을 빠져나와 외양간으로 향했다는 뜻이다.

이제 외양간을 확인할 차례였다. 이남이 외양간 안으로 발을 들이려던 찰나 아버지와 어머니가 신발 자국을 따라왔다.

"혹시 미호 못 봤니?"

어머니가 화장실 안쪽을 확인하며 물었다.

"아뇨. 방에도 없던데요."

"아침부터 어디 간 게야."

아버지가 걱정 섞인 한 마디를 덧붙였다. "그나저나 황소는 확인해봤느냐? 삼남이는?"

"지, 지금 확인하려고요."

이남은 외양간 문을 열고 한 발자국을 들였다. 순간 지독한 악취가 코를 찔렀다. 파리 무리가 앵앵대며 어지럽게 날아다녔다.

익숙한 광경이었지만 그동안의 모습과는 전혀 달랐다.

시체는 황소뿐만이 아니었다.

"에그머니나!"

외양간을 들여다본 어머니가 그 자리에서 졸도했다. 쓰러진 어머니를 부축한 아버지가 소리쳤다.

"이, 이게 대체 어찌 된 일이냐."

짚 더미 위에 혀를 내밀고 죽은 소의 사체, 그리고 그 옆에 삼남이 하늘을 향해 두 눈을 부릅뜨고 누워있었다.

삼남의 아랫도리는 모두 벗겨진 채였다. 부릅뜬 삼남의 동공이 혼탁했다. 고통으로 일그러진 표정은 당장이라도 비명을 지를 것 같았다. 이남이 재빨리 삼남의 목의 맥을 짚어봤지만, 아무것도 느껴지지 않았다. 코를 찌르는 악취 속에서도 희미하게 고소한 냄새가 났다. 이남이 삼남의 아랫도리를 확인하자 삼남의 엉덩이 사이에서 참기름 자국이 남아있었다. 죽은 수소의 찢어진 항문에도 참기름이 뒤섞인 피고름이 흘러내리고 있었다.

어머니를 방에 눕힌 아버지가 급히 돌아왔다.

"삼, 삼남이는….."

이남은 천천히 고개를 가로저었다. 넋이 나간 표정의 아버지가 나직이 탄식했다.

"사… 사람까지 해치다니….."

갑자기 생각난 듯 아버지가 다그쳤다.

"미호는? 미호는 찾았느냐?"

"아직 입니다."

"미호, 미호부터 찾아보자."

아버지와 이남은 집안을 샅샅이 뒤졌다. 화장실 속 오물까지 뒤적였지만 나오는 것은 없었다. 집안 어디에도 미호의 흔적은 없었다. 땀을 흘리는 아버지가 이마의 땀을 훔치며 말했다.

"대체 어디로 간 것이냐. 땅으로 꺼졌느냐. 하늘로 솟았느냐."

대문은 잠겨있었고 집을 둘러싼 죽창이 꽂힌 담장은 미호가 오를 수 있는 높이가 아니었다.

이남이 침착하게 말했다.

"아버님 진정하시고 제 말을 들어주십시오."

아버지가 고개를 돌려 이남을 바라봤다. 이남이 심호흡한 뒤 말을 이었다.

"마당에 찍힌 발자국은 필시 미호의 신발 자국입니다. 우리 집에서 가장 크기가 작은 신발이죠."

"그, 그렇구나."

아버지는 그제야 알았다는 듯 대답했다.

"그런데 마루에서 시작된 신발 자국이 외양간을 거쳐 뒷벽으로 향하고 있습니다. 신발 자국은 거기에서 끊겼죠."

곰곰이 생각하던 아버지의 눈빛이 차가워졌다. 아버지가 낮은 목소리로 물었다.

"그래서, 네가 하고 싶은 이야기가 무엇이란 말이냐."

이남이 머뭇거리며 어렵게 말을 이었다.

"일남 형님은 일찍 집을 나갔고 집안에는 아버님과 어머님, 저와 삼남 그리고 미호뿐이었습니다. 이제 삼남은 죽었고 미호는 이해할 수 없는 발자국을 남긴 채 실종됐어요. 이젠 일남 형님의 말을 믿어야 할 것 같습니다."

아버지가 역정을 냈다.

"뭘? 뭘 믿으라는 거냐?"

"그동안 벌어진 가축 연쇄 살생이 미호 짓이라는 것을 말입니다. 몇 년 진 우연히 어머니가 미호를 낳기 전 하신 말씀을 들었습니다. 딸을 낳기 위해 깊은 산속 암자에 들어가

치성을 드렸다고요. 혹시 그 암자. 여우골에 있는 여호사가 아닌지요." 놀란 아버지가 천천히 고개를 끄덕였다. "분명 여우가 자주 출몰하는 여우골에서 여우의 씨가 어머니께 잉태된 것입니다. 짐승의 본능이 깨어난 미호는 식구들이 자신을 의심하는 걸 눈치 채자 삼남을 죽이고 도망친 것이죠."

이남의 말을 듣던 아버지가 갑자기 핏발 선 눈으로 이남을 가리키며 소리쳤다.

"그럴 리 없다! 네놈. 네놈이 죽이고 착한 미호에게 누명을 씌우는 것 아니냐?!"

아버지의 의심에 이남은 실망스러운 얼굴로 말했다.

"하아. 역시 아버지는 절 의심하시는군요."

분노를 애써 억누르는 떨리는 목소리였다.

"어젯밤 모두가 방에 들어가고 나서 제가 한 일이 있습니다. 정말로 미호가 한 짓인지 알아보기 위해 대청마루 방 입구에 찹쌀가루를 흩뿌려 두었습니다. 전 아침에 일어나자마자 바로 마루를 확인했습니다. 미호의 방에서 마당 쪽으로 찹쌀가루가 찍힌 흔적이 남아있었습니다."

아버지의 입이 떠억 벌어졌다. 아버지는 바로 달려가 마룻바닥에 머리를 대고 살폈다. 각자의 방에서 나온 발자국이 어지럽게 찍혀 있었지만 정말로 미호의 방에서 마당으로 향하는 작은 발자국이 찍혀 있었다. 분명 모두가 잠든 밤에 미호가 방에서 나왔다는 피할 수 없는 흔적이었다.

순간 다리에 힘이 풀린 아버지가 휘청거렸다.

방안에서 어머니의 비통한 울음소리가 새어 나왔다. 손으로 이마를 짚은 아버지가 숨넘어가는 목소리로 이남에게 말했다.

"약… 약방에 가서 청심환 좀 사 오너라…."

이남은 아버지에게 열쇠를 건네받아 안방을 나왔다. 디딤돌에 있는 신발을 신고 뛰어나가려던 이남이 갑자기 멈춰 섰다. 쪼그려 앉은 이남은 마당 흙바닥에 온통 어지럽게 찍힌 발자국을 유심히 살폈다.

"오호라."

이남의 눈빛이 번뜩였다. 벌떡 일어선 이남은 대문을 열고 급히 뛰어나갔다가 한 식경 뒤에야 돌아왔다. 손에는 약봉지가 들려있었다. 다시 대문의 문을 걸어 잠근 뒤 안방으로 들어가 부모님에게 청심환을 건넸다.

이남은 일각(15분)이 지나 안방을 빠져나왔다. 이후 부엌에 들어간 이남은 날카로운 식칼을 손에 들고 나타났다.

천천히 발자국을 따라 외양간에 들어간 이남은 쓰러져 죽은 소 앞에 섰다. 코뚜레를 뚫은 소의 콧구멍 속으로 파리들이 연신 들락거렸다. 악취에 제대로 숨을 쉴 수가 없었지만,

이남은 개의치 않았다.

이남은 크게 심호흡을 한 뒤, 식칼의 칼날을 아래로 고쳐 잡았다. 그리고 바로 소의 배에 칼을 푹 찔러 넣었다.

칼날이 쑥 미끄러져 들어가면서 배 속에 가득 차 있던 가스가 새어 나왔다. 이 가스 냄새에는 도저히 인상을 구기지 않을 수 없었다. 이남은 팔에 힘을 주어 소의 배를 주욱 갈랐다. 순간 배에 고였던 피가 팍 터지고 기다렸다는 듯이 구불구불한 내장들이 바닥에 깔린 지푸라기 위로 쏟아져 나왔다. 순식간에 노란 짚이 새빨갛게 물들었다.

찢어진 배에서는 내장만 나온 것이 아니었다. 시뻘건 피투성이의 덩어리가 짚 바닥으로 굴러 나왔다. 덩어리는 흡사 어미의 배에서 갓 꺼낸 새끼와 같아 보였다. 하지만 죽은 황소가 송아지를 품고 있었느냐면 그건 있을 수 없는 일이었다. 죽은 소는 암소가 아닌 수소였다.

"역시. 쯧쯧쯧."

이남이 피 묻은 식칼로 덩어리를 뒤적거리며 중얼거렸다.

피와 점액으로 흠뻑 젖은 머리카락을 걷어내자 핏기 하나 없는 미호의 얼굴이 드러났다.

막내는 여우로 변신해 높은 담을 타고 도망친 것이 아니었다. 이남은 주머니를 뒤져 노란 터럭을 꺼냈다. 그리고 외양간 바닥에 깔린 지푸라기와 비교했다. 미호의 방문턱에 떨어져 있던 것은 짐승의 터럭이 아니라 지푸라기의 부스러기였다.

한숨을 푸욱 쉰 이남이 조용히 말했다.
"인제 그만 나오세요. 형님."
이남의 말이 끝나자 내내 누워있던 삼남의 시신이 갑자기 움직였다.
"클클클."
삼남의 시신에서 기분 나쁜 웃음소리가 새어 나왔다.
이리저리 들썩이던 시신이 옆으로 구르고 삼남이 누워있던 바로 그 자리에서 지푸라기를 뒤집어쓴 일남이 쑤욱 몸을 일으켰다. 머리와 몸에 붙은 지푸라기를 털어내는 알몸의 일남이 비릿한 웃음을 지어 보였다.
"녀석. 게으른 바보인 줄 알았더니만 보기보다 눈치가 빠르구나."
이남이 일남의 눈빛을 마주 보며 역시 입꼬리를 올렸다.
"이야. 형님이야말로 깜짝 놀랐습니다. 이제껏 말 잘 듣는 맏이 흉내를 내셨을 줄이야…."
"그래. 내가 그런 줄은 어떻게 알았느냐?"
"발자국입니다. 마당에 찍힌 미호의 발자국이요."

"발자국이 어쨌는데."

"비가 그친 뒤라도 땅바닥은 충분히 젖어있었는데 아버지와 내 발자국보다도 미호의 발자국이 깊게 찍혀있던 게 이상하더군요. 미호는 우리 집에서 몸무게가 가장 가벼운데 말이죠. 그때 이런 생각이 들더군요. 형님이 미호의 신발을 신고 미호를 들쳐 메고 걷는다면 딱 이 정도 깊이로 찍히지 않을까라고."

일남이 멋쩍은 듯 뒤통수를 긁적였다.

"핫핫. 그랬군. 그 생각은 미처 못 했구먼."

이남이 대수롭지 않게 말했다.

"편지 한 장 달랑 남기고 집을 떠난 게 아니라 외양간 바닥에 몸을 뉠 공간을 파내고 밤이 될 때까지 숨어 계셨군요. 참으로 대단하십니다."

"오냐. 오냐. 어디 한 번 네 추리를 말해 보아라. 얼마나 맞출지 궁금하구나."

이남이 한 박자 쉬고 눈빛을 빛내며 입을 뗐다.

"제가 말한 대로 형님은 해가 질 때까지 외양간 바닥에 짚을 덮고 숨어있었습니다. 해가 진 뒤 삼남이 경계를 서러 왔겠죠. 인시가 될 때까지 기다렸는지 그 전에 삼남을 해치웠는지는 모르겠습니다. 다만 모두가 깊이 잠든 인시에 일을 치르는 게 좀 더 유리했겠죠."

일남이 정답이라는 듯 고개를 끄덕였다.

"삼남을 손쉽게 해치운 뒤 마지막 남은 소를 해치우고 현장을 조작합니다. 그리고 미호를 해치우러 방으로 가죠. 발끝으로 조심조심 걸어 발자국을 최소로 남기고 미호의 방에 몰래 들어가 곤히 잠든 미호를 찍소리 못 내게 죽입니다. 그런 뒤 죽은 미호를 들쳐 메고 형님이 남긴 발자국을 따라 미호 신발을 신고 발자국을 남깁니다. 담장에서 끊어진 발자국 역시 신발을 거꾸로 신어서 해결했죠. 그런 뒤 미호의 몸에 참기름을 바르고 소의 항문에 쑤셔 넣어 시체를 은폐합니다. 우리 모두 감쪽같이 미호의 짓인 줄 알도록 말이죠."

이남은 주머니에서 노란색 지푸라기를 들어 보였다.

"이게 미호 방문턱에 떨어져 있더군요. 처음엔 짐승의 털인가 싶었는데 유난히 뻣뻣한 게 자세히 살펴보니 외양간에 깔린 짚 부스러기였습니다. 깊이 파인 발자국과 짚 부스러기로 외양간에 누군가 숨어 있었다는 걸 깨달았죠. 외양간에서 방으로 향한 발자국은 없었으니까요. 미호가 범인이 아니라면, 차례로 범인일 가능성이 있는 가족들을 제외해보니 남는 건 딱 형님뿐이더군요."

일남이 기쁜 듯 박수를 쳤다.

"오호라. 정확해. 아주 딱 맞췄어. 한 가지 부연하자면 너희들은 도저히 내가 저지른 짓이란 것을 눈치를 챌 수가 없었다. 매번 돌아오는 보름밤마다 아무도 잠에서 깨지 않은 이유. 이남 네놈이 불침번을 서던 날 잠이든 이유. 큭큭큭. 그래. 내가 가족 저녁상에 수면제를 탔던 것이다.”

“형님도 함께 드셨는데 어떻게 그럴 수가 있죠?”

“식구들의 수저는 각각 따로 있지 않더냐. 난 숟가락에 수면제를 묻혀 놓았다. 효과가 늦게 퍼지는 수면제라 밤이 되면 참을 수 없이 졸음이 밀려오지. 하하핫!”

이남은 눈을 찡긋거리며 말을 이었다.

“호오. 거기까지는 미처 생각하지 못했군요. 저는 형님이 왜 이렇게까지 공을 들여 일을 꾸몄는지 곰곰이 생각해 봤습니다. 그러다 한 가지 결론에 도달하더군요. 바로 재산입니다. 모든 일들을 미호에게 덮어씌우고 형님 혼자 아버지의 재산을 독식하기 위한 계략이었던 거죠.”

이남의 추리에 일남이 참았던 웃음을 터트렸다.

“핫핫핫. 네 추리는 인정하마. 절반은 맞췄다.”

이남이 피 묻은 식칼을 스윽 들어 보였다.

“사실 막내가 간을 빼먹는 걸 봤다는 사람은 오직 형님 단 한 분 아닙니까. 촉이 딱 오더군요. 큭큭큭. 어쨌든 저도 진실을 알아챈 이상 형님과 함께 절반의 재산을 나눠야겠습니다.”

일남이 정색하고 표독스럽게 말했다.

"녀석. 그래서 부모님을 죽인 것이냐? 내 숨어있던 외양간 까지 부모님이 내지르는 고통의 신음이 똑똑히 들리더구나."

이남이 어깨를 스윽 들어 올렸다.

"부모님께 드린 청심환에 극약을 좀 섞었습니다. 매일 저 만 보면 못 잡아먹어 안달이시니 이참에 아예 볼 수 없게 해 드렸습죠. 부모님 시신에도 참기름을 발라 미호가 한 짓으로 꾸밀 겁니다. 형님이야 일손을 줄였으니 제게 고마워해야 할 일 아닙니까."

그때 뭔가 떠오른 듯 이남이 물었다.

"아. 그런데 형님은 마룻바닥에 뿌린 찹쌀가루는 대체 어 떻게 아신 겁니까. 외양간 바닥에서는 마루를 볼 수도 없을 뿐더러 어둠 속에서는 찹쌀가루가 보이지 않았을 텐데 말입 니다."

이남의 말에 일남이 허리를 숙이고 미친 듯이 웃어 재꼈 다.

알몸의 일남이 허리를 젖힐 때마다 일남의 늘어진 남근이 흔들거렸다. 꺽꺽대는 웃음과 함께 숨을 토해내며 눈물을 찔 끔 흘리는 통에 이남은 경계하며 식칼을 일남에게로 향했다.

"왜, 왜 이러슈 형님."

차츰 일남의 웃음이 잦아들고 부릅뜬 일남의 눈에 살기가 어렸다.

"클클클. 아까 절반은 맞췄다는 말. 네가 맞추지 못한 절반이 뭔지 아느냐?"

이남은 미동 없이 일남을 노려봤다.

일남의 압도적인 살기에 이남의 손등까지 닭살이 돋아났다. 숨 막히는 압박감에 이남의 손에 쥔 칼끝이 흔들렸다.

일남이 말을 이었다.

"속이려던 게 아니야. 정말로 먹으려던 거였어. 큭큭큭큭."

순간 일남의 검은색 동공이 노랗게 변했다.

"!!!!!"

일남의 예상치 못한 변화에 이남이 숨을 집어삼켰다.

깊은 흉터가 남은 일남의 왼팔에 순식간에 회색빛 털이 뒤덮였다. 동시에 왼쪽 손가락 끝에서도 길고 날카로운 손톱이 자라났다. 일남의 벌어진 입가에서 눈에 보일 정도로 송곳니가 튀어나와 아래턱까지 내려왔다. 쇳소리가 섞인 목소리로 일남이 말했다.

"왜 그런지 모르겠어. 언제부턴가 보름달만 뜨면 피가 뜨거워져 참을 수가 없는 거야. 생고기. 특히 살아있는 짐승에게서 갓 꺼낸 생간이 먹고 싶었어. 참으려 해도 머릿속에서 지워지지 않더군. 그렇게 발버둥 치다 보니 왼팔이 이렇게 변해 있더라고. 흐흐흐."

순간 이남의 뇌리에 기억 한 조각이 스쳐 갔다.

일남이 나무를 하러 갔던 곳이 어머니가 막내를 낳기 위해 치성을 드린 여우 골 맞은편에 있는 늑대골이었음을. 늑대를 만나 사투를 벌이다 왼쪽 팔을 크게 물리고 겨우 도망쳐 왔다는 것을.

이남은 뒤통수가 따갑도록 소름이 끼쳤다.

늑대가 대체 무슨 조화를 부렸는지는 모르겠다. 하지만 늑대에게 물린 일남 역시 늑대의 야생성과 민첩성을 어느 정도 물려받은 듯했다.

막내 미호가 여우였던 것이 아니었다.

늑대의 피가 몸에 흐르는 맏형 일남이 늑대인간이었다.

노란색 안광을 발하는 늑대 눈의 일남이 이남에게 다가오며 말했다.

"이 눈은 밤에도 낮처럼 훤하게 볼 수가 있더라고. 마룻바닥에 뿌린 찹쌀가루 따위야 아무것도 아니지. 큭큭큭."

뒷걸음질 치던 이남이 어느새 외양간 막다른 구석에 내몰렸다.

바짓가랑이가 축축하게 젖은 이남의 손에서 식칼이 툭 떨어졌다. 늑대 일남의 노란색 눈을 보자 식칼 따위로 손쓸 수 있는 상대가 아니란 걸 본능적으로 깨달았다.

이남은 서서히 자신에게 드리우는 늑대 일남의 그림자에 몸서리를 쳤다.

그리고 일남의 날카로운 손톱이 자기 항문을 뚫고 들어오는 것을 생생하게 느껴야 했다.

스위치

등가교환이라는 말이 있지.

내가 제일 좋아하는 말이네.

동일한 가치를 갖는 두 상품의 교환을 의미한다지.

어릴 적 서당에서 비질할 때 훈장 선생이 가르친 이 말을 들고 바로 외웠다네. 지금까지 칠십 년을 살아오는 동안 이 등가교환을 내내 마음속에 품고 살아왔네. 내 것을 주고 상대의 것을 취한다. 그것이 세상사 가장 양심적인 처사 아니겠는가….

요즘 들어 깨어 있으나 자고 있으나 계속 꿈을 꾸는 것 같네. 그저 눈을 감고 멍하니 있다 보면 옛 생각들이 떠올라. 그리고 머릿속에서 그때 겪었던 일들이 휘리릭 흘러간다네.

꿈일까? 회상일까? 뭐든 상관없다네. 그렇게 있다 보면 시간 가는줄 모르거든.

나이를 먹어 그런지 최근 기억들은 흐릿하기만 한데, 아주 오래전 기억들이 생생하게 떠오른다네. 얼마나 오래전인지 내가 얘기하면 분명 틀림없이 깜짝 놀라겠지. 암. 그렇고말고. 흘흘흘.

난 다른 사람들과 조금 달리 태어났다네.

아버지는 짐승을 잡는 백정이었어.

어머니는 그렇게 잡은 짐승의 가죽을 자르고 바느질해 신을 만드는 갖바치였지.

뭐 백정 놈의 집안이 다 그렇겠지만 집안 형편은 좋지 않았네. 아니 찢어지게 가난했다고 하는 게 맞겠지. 그런데 내가 넷째였어. 내 뒤로 둘이 더 태어났고.

그땐 무슨 생각으로 그렇게 아이를 낳아대는지 도통 이해가 되지 않았다네. 그런데 이젠 조금은 알 것 같네. 육 남매 중 열 살을 넘긴 건 단 세 명이었어. 절반의 확률이랄까. 물론 지금까지 살아남은 건 내가 유일하고 말이야.

참 오래도 살았어….

무슨 이야기를 하려고 했었지. 아! 그래.

넷째인 난 다른 형제들과는 조금 달랐네. 아니, 마을 사람들과 비교해도 확연히 달랐어. 사람들은 나를 두고 귀신의 아이라고 수군거렸네. 또래 아이들은 나를 보면 벌벌 떨고 무섭다며 눈물을 질질 흘렸어.

어찌 보면 부모님이 나를 내다 버리지 않은 걸 감사해야 할까. 나를 그렇게 낳아 놓은 건 다름 아닌 부모님인데 말이야.

이거 또 너무 뜸을 들였군.

사실 별다른 건 없었어. 그저 눈동자의 색깔이 조금 달랐을 뿐이야.

내 눈은 아주 맑은 하늘을 머금은 듯 푸른색이었네.

왜 나만 그런 색이었는지는 나도 모르고, 부모님도 모르고, 마을 사람들도 몰랐다네. 하늘에 사는 신은 그 이유를 알았으려나.

다시 한번 말하지만 별다른 건 없었어.

그저 눈 색깔만 달랐을 뿐이지.

나는 다를 게 없다고 생각했지만 나와 마주하는 사람들은 그렇게 생각하지 않았나 봐. 순진한 내 착각이었던 게야. 난 성장하는 내내 지독한 괴롭힘과 학대를 받아야 했어. 얼마나 힘든 유년 생활을 보냈는지 하소연이나 하려고 꺼낸 이야기는 아닐세.

중요한 건 이걸세.

일곱 살이 되던 해에 내 눈 색깔이 변했다는 거.

다른 이들과 똑같은 검은색으로 말이야.

그 이야기를 하려면 마을을 떠들썩하게 했던 다른 이야기를 먼저 해야 하네.

갑자기 아기 때가 떠오르네.

따스하고 보드라운 어머님의 품 말일세.

어머니의 살냄새. 고소하고 약간은 비릿한 추억의 냄새….

'아가. 젖 먹자.'

내 입술을 비집고 부드러운 젖이 들어오네.

난 어머님 말씀대로 입안에 꽉 찬 젖을 힘껏 빨았지. 쭈읍, 쭈읍, 쭈읍 하고.

얼마 안 가 비릿하면서도 달착지근한 모유가 입속에 가득 찬다네.

배가 불러오자 이빨이 나지 않은 잇몸으로 젖을 물었어. 그냥 장난을 칠 요량으로.

'아가. 간지러워.'

작게 경련하는 어머님의 젖가슴이 내 볼에 느껴졌다네.

어떻게 이런 오래전 일까지 기억하냐고? 내가 말하지 않았나. 오래된 기억일수록 더 선명하다고.

아아. 이거 또 옆길로 새버렸구먼.

이 생각 저 생각 중에도 갑자기 기억의 파편들이 비집고 들어오니 내 어쩔 도리가 없다네. 그렇게 되면 여지없이 삼천포로 빠지게 마련이지.

내 나이가 나이니만큼 양해해줄 거라 믿네.

이제 정말로 마을 전체를 공포에 떨게 했던 이야기를 해줌세.

내가 일곱 살이 되던 해 여름이었네.

정말로 가만히 있어도 땀이 줄줄 흐를 정도로 습하고 무더운 여름이었지.

우리 집 바로 옆에 노부부가 살았다네. 최씨 노인과 박씨 부인이었어.

하루는 최씨 노인이 날이 질 때 즈음 마실을 나갔다가 돌아오지 않았다네. 박씨 부인은 안달이 났네. 이제껏 한 번도 외박한 적이 없는 노인네였거든. 박씨 부인이 집 앞에서 기다리다 영 소식이 없자 동구 밖까지 나갔는데도 최씨 노인은 함흥차사였다네. 밤이 깊어 집으로 돌아온 박씨 부인은 결국 뜬눈으로 밤을 새웠지.

동이 트자마자 박씨 부인은 기다렸다는 듯이 다시 동구 밖으로 나갔다네.

그리고 그 이른 새벽에 잠들어 있던 마을 사람들 모두가 박씨 부인의 비명을 들었어.

그래. 나도 들었네.

마침 소피가 마려워서 뒤척이던 차였거든.

'끼아아아아아아악!'

가까이서 들었다면 고막이 찢어졌을 정도로 날카롭게 신경을 긁어대는 소리였네.

사람들이 서둘러 동구 밖으로 달려 나갔지. 나도 호기심을 참지 못하고 나가보았네.

박씨 부인이 마을 입구에 있는 서낭당 앞에 서 있었어.

사람들이 박씨 부인을 불러도 부인은 넋이 나간 채로 멍하니 서 있었다네. 멀리서 봐도 눈동자에 깃든 빛, 그러니까 생기라고 해야 할까. 그걸 완전히 잃어버렸더라고. 앞서 도착한 사람들도 망연자실하는가 하면 낮게 탄식을 뱉어냈지. 그때 내가 다가오는 것을 본 이웃집 이 씨가 내가 서낭당에 다가오지 못하도록 막는 게 아닌가. 어린놈은 여기 오지 말고 썩 꺼지라고 했지. 누구나 그렇지 않은가. 하지 말라면 더 하고 싶고 보지 말라면 더 보고 싶은 마음. 나도 그땐 그랬네. 날 막는 이 씨의 옆구리 사이로 뛰어들어 미꾸라지처럼 빠져나갔지.

그렇게 빙 둘러선 어른들 사이에서 보고야 말았네.

최씨 노인을 말일세.

너무나 기괴하고 끔찍한 노인의 시신을….

뒤통수가 따가울 정도로 소름이 돋았다네.

뭐, 당시 기껏해야 칠 년의 인생밖에 살지 못했다지만 일곱 평생 그렇게 이상한 시신은 처음 봤다네.

바로 뒤따라온 이 씨에게 목덜미를 붙잡혀 돌아섰지만, 그때 본 시신이 머릿속에 각인되어 지금도 생생하게 떠오르니. 그때 내가 받았을 충격이 얼마나 컸는지는 굳이 설명하지 않겠네.

민짜 얼굴.

달걀에 머리카락을 붙인 것 같은 모습이라 하면 조금 이해하기 쉬우려나.

응당 얼굴에 있어야 할 눈과 코와 입이 없었다네. 날붙이 같은 것으로 도려낸 것이 아니었어. 그것들이 있던 자리가 처음부터 아무것도 없었던 것처럼 너무나 맨질맨질 했거든.

그쯤 되면 최씨 노인인지 아닌지 의심이 들어야 할 텐데. 박씨 부인은 한눈에 알아봤더라고. 왼쪽 볼에 붙어있던 표주박만 한 혹은 그대로였거든. 한 가지 이상한 건 오른쪽 볼에도 혹이 붙어있던 건데 정신이 나가버린 박씨 부인에게 그런 건 아무런 상관이 없었어.

아내가 틀림없이 최씨 노인이라는데 우리야 믿을 수밖에.

시신에 다른 외상은 없었다네. 외상이고 뭐고 코와 입이 없으니 숨이 막혀 죽지 않았을까 싶었네. 사람들은 이 믿을 수 없는 시신을 두고 저주를 받았다느니, 서낭당 귀신의 소행이라느니, 당장 굿을 치러야 한다느니 이런저런 말들을 쏟아냈다네.

포졸들이 나와 조사했지만 그들이라고 뭐 뾰족한 수가 있었겠나. 시간만 질질 끌다가 사건은 흐지부지됐지.

그런데 그게 끝이 아니었어.

최씨 노인이 시작이었네.

내가 살던 마을을 포함해 주변 마을에서 연이어 기괴한 시신이 발견됐네.

모양도 천차만별이었다네.

최씨 노인과 비슷한 경우도 있었고. 한번은 얼굴에 수십 개의 눈알이 박힌 채 죽어있는 아낙도 발견됐다네. 다리가 없는 시신, 온몸에 팔과 다리가 거미처럼 네 쌍씩 붙어있는 시신도 있었지.

한번은 약초꾼이 산 아래에서 잠든 듯 죽은 채로 발견됐다네. 발견한 아내는 자연사라 생각했어. 외상도 없었고 기괴한 모양새도 아니었거든. 장례를 위해 사람들을 불러와서 시신을 옮기려는데 시신을 옮기던 사람들이 기겁하더라는 거야.

너무 가볍다고.

시신이 아이처럼 가볍다며 모두 도망쳤어. 그러고 보니 시신의 배가 움푹 꺼져있는 게 아내가 보기에도 이상했다더군. 급기야 식칼을 들고 와서 배를 갈라봤더니 시신의 배속이 깨끗했다네. 정말 아무것도 없었다는 거야. 배를 가르기 전까지는 상처 하나 없었는데 어떻게 몸속의 장기들을 빼냈는지 불가사의였어.

약초꾼도 기괴한 연쇄 살인의 피해자였던 거지.

이쯤 되니 마을 분위기는 최악이었네.

옥황상제가 사람들을 두고 생체실험을 하는 것이라 수군거렸다네.

초저녁부터 마을 밖을 돌아다니는 사람은 아무도 없었어. 부모님도 우리에게 신신당부를 했네. 해가 지면 절대 밖에 돌아다니지 말라고 말이야.

그런데 내가 그 말을 어기고 말았다네. 흘흘흘.

그날도 숨이 막힐 정도로 더웠네.

코딱지만 한 집에는 부모님과 어린 형제들로 가득했지. 여섯째인 막내는 갓 태어난 지 얼마 되지 않아 빽빽거리고 울어대지, 형제들은 배고프다며 징징대지, 아버지는 안중에도 없다는 듯 코를 골아대지.

정말 아비규환 지옥이 따로 없더군.

잠이라도 자려고 자리에 누웠지만 잘 수가 없었어. 어디 발이나 뻗고 잘 공간이 있어야 말이지. 그렇게 누워있다 까무룩 선잠이 들었었나 봐.

갑자기 방문이 왈칵 열렸다네.

식구들이 모두 놀라 자리에서 벌떡 일어났지.

방 안쪽 끝까지 그림자가 길게 드리웠어. 그 정도로 몸집이 엄청나더군.

우리는 경악한 채로 비명조차 지를 수 없었어.

수백 개의 눈알이 박힌 얼굴 아래로 몸 전체가 손가락들과 발가락들로 뒤덮여 있었네.

그 수많은 손가락과 발가락들이 벌레처럼 제각각 움직였어. 그 괴물이 정신을 뒤흔드는 기괴한 소리를 내며 방 안으로 들어오려는 것이 아닌가. 아버지가 괴물 앞에 나섰지만, 눈알이 달린 얼굴이 반으로 쫙 찢어지며 아버지의 얼굴을 통째로 씹어 먹더군. 방바닥에는 아버지의 뜯긴 얼굴 상처에서 흐른 피가 처덕처덕 떨어졌어. 그 모습을 본 어머니가 주저앉아 정신을 잃었어. 형제들은 온통 비명을 질러댔지. 괴물은 목이 떨어진 아버지를 옆으로 던져내고 방 안으로 침입했어.

이래죽나 저래죽나 마찬가지.

난 가죽을 자를 때 쓰는 작은 과도를 들고 괴물을 향해 달려들었어. 괴물의 눈알에 칼날이 박히자 눈알이 터지면서 안

액이 왈칵 쏟아졌어. 곧바로 수많은 손가락들에 꽉 붙잡혔다네. 어떻게 해도 움직일 수가 없더군. 머리 위로는 아버지에게 했던 것처럼 날 씹어 삼키기 위해 괴물의 얼굴이 절반으로 찢어지고 있었어.

무서웠어. 할 수 있는 건 없었고. 그저 눈을 질끈 감고 죽음을 기다렸다네.

그리고 내 목이 턱 잘렸는데….

눈을 떠보니 한 살 위 형님 다리가 내 목을 감고 있더군. 흘흘흘.

고개를 들고 방안을 둘러봤는데 모두 곤히 잠들어 있었지. 그저 꿈이었던 게야.

내 목을 감고 있는 형님 다리를 치워버리고 안도의 한숨을 내쉬었어. 코를 고는 형님 배에 주먹이라도 한 방 먹일까 고민했지만 참았다네. 유치한 복수이기도 하고 형님도 좁아터진 방에서 어쩔 수가 없었겠지.

다시 누우려는데 입고 있던 옷이 땀에 흠뻑 젖어 질척거리더군. 몸에 착 달라붙어서 떨어지지 않는데 이게 영 거슬리는 거야. 좁아터진 방안에 공기도 탁하고, 답답하기도 하고. 그냥 차가운 밤바람이 맞고 싶었어.

아무도 모르게 조용히 일어나 방문을 열었다네.

'어디 가니.'

인기척에 눈을 뜬 어머니가 물었지.

난 그냥 소피보러 간다고 얼버무렸어. 어머니는 방구석에 놓인 요강을 가리켰지만 난 무시하고 그냥 나와 버렸다네. 잠시라도 더 있다간 숨이 막혀 죽을 것 같았거든. 어머니도 방문을 여는 내게 더 이상 다른 말은 하지 않았다네. 피곤함에 절어 귀찮아 그랬겠지만, 그 당시엔 보고도 모른 척하는 어머니가 고마웠어.

창호 문을 열자마자 습기를 가득 머금은 바람이 나를 맞이하더군. 하지만 아무리 무더운 여름밤에 불어온 습한 바람이라도 발하나 내디딜 곳 없는 좁아터진 방구석보다는 시원했다네.

잠도 없는지 온갖 풀벌레들이 귀가 따갑도록 시끄럽게 울어 댔네. 고개를 드니 밤하늘에는 수천 개의 별이 반짝거렸어. 그 별들을 하나하나 헤아리고 있자니 조금 전 끔찍한 악몽은 사라지고 기분이 좋아지더군.

나도 모르게 걸음을 옮겨 싸리문 밖으로 나와 버렸네. 그 순간만큼은 기괴한 연쇄 살인도 끔찍한 악몽도 전혀 떠오르지 않았어.

담장 밖에서 한참을 서성이며 하늘을 봤다네.

그런데 갑자기 머리털이 쭈뼛 서지 뭔가. 누군가가 나를 지켜보고 있는 것 같은 기묘한 시선이 느껴지는 거야.

등골에 소름이 돋았다네.

그제야 정신이 번쩍 들었어.

내 눈으로 직접 봤던 기괴한 시신들이 뇌리를 스쳤네.

겁이 덜컥 나는 거야. 서둘러 집으로 돌아가려는데 누군가 내 어깨를 덥석 잡는 게 아닌가.

정말로 거짓말은 조금도 안 보태고 말하네만 심장이 멎는 줄 알았네. 기겁했어. 비명조차 지르지 못했다네. 너무나 놀라서 소리를 내지를 정신도 없었다고 해야 맞겠지.

다리가 굳어 버려서 움직일 수가 없었어. 결국 숨을 삼키며 내 어깨를 잡은 이를 확인하기 위해 고개를 돌렸지. 내 뒤에는 키가 구 척 정도는 되어 보이는 장신의 남자가 있었네. 온몸을 가리는 검은 망토를 두르고 검은 두건을 쓴 이상한 남자였다네. 내 어깨를 짚지 않은 다른 손엔 산에서 주워 온 것 같은 썩은 나뭇가지를 지팡이처럼 짚고 있더군.

무척이나 창백한 낯빛에 삼백안의 눈동자가 나를 노려봤다네.

달빛 하나 없는 깜깜한 밤인데도 나를 바라보는 남자의 안광은 유독 기괴하게 빛이 났네.

뭔가 느낌이 왔어. '아. 이 남자가 그놈이구나!'라고 말이야. 이제 나도 기괴하게 죽어간 사람들처럼 틀림없이 죽겠다는 생각이 들었지. 그런데 그자가 느닷없이 허리를 숙이더니 자기 얼굴을 내게 들이대는 거 아니겠나. 그리고 내 눈을 지그시 바라보는 거야.

대체 이 오밤중에 뭐 하는 짓인 건지.

찍소리도 못 내고 벌벌 떨고 있으려니 남자가 굳게 닫은 입을 천천히 열더군.

'나도 살 만큼 살았건만. 이제껏 살아오면서 처음 보는 눈이군.'

낮고 무거운 목소리인데 어딘지 쇠를 긁는 것 같은 신경을 곤두서게 하는 목소리였어. 듣자마자 등골에 소름이 돋더군. 난 아무런 대답도 하지 못했어.

그러자 그자가 이상한 말을 지껄이는 거야.

'그 눈. 내게 주지 않겠나. 사례는 톡톡히 치르겠네.'

바로 느낌이 왔네. '아, 이제 눈알이 뽑히겠구나.'하고 말이야. 나도 모르게 오줌이 찔끔 나오더군.

내가 뭐라 대꾸했는지 아나? 사실 대답은 정해져 있었어. 나라고 별수 있나. 두 눈을 질끈 감고 그저 목숨만 살려 달라고 간청했다네.

그자는 이렇게 말했네.

'어쩔 수 없지. 자네 의사와는 상관없이 취하겠네.'

바로 얼음장처럼 차가운 손이 내 얼굴을 감싸더군. 그 시린 냉기가 뼛속까지 전해져 온몸의 떨림이 멈추지 않았어.

잠시 후, 그자가 손을 떼더니 이러는 거야. 다 됐다고. 슬쩍 눈을 떠보니 여전히 저승사자 같은 남자가 서 있더군. 내 손발을 훑어봐도, 고개를 들고 밤하늘을 봐도 반짝이는 별들은 그대로였어.

생각하는 그대로네.

아무 일도 일어나지 않은 거지. '지금 장난치는 건가.' 속으로 그렇게 생각할 때쯤 구름을 벗어난 달빛이 남자의 얼굴을 비췄어. 그리고 정말로 깜짝 놀랐다네. 내 눈으로 보고도 믿을 수 없었어.

그자의 눈동자가 파랗지 뭔가.

끈적한 땀이 등줄기를 타고 흐르더군. 정신을 못 차리고 허둥대고 있는데 남자가 들고 있던 지팡이에서 나뭇조각을 떼어 내게 건넸다네.

'자. 약조했던 사례일세. 내 한때는 거짓말쟁이 노인들의 말에 속아 이제껏 사람들에게 분을 풀어왔지만 이제는 이토록 진귀한 눈을 얻었으니 복수는 그만두고 이곳을 떠나겠소.'

난 얼결에 남자가 건네는 나뭇조각을 받아들었네.

남자는 더 이상 볼일이 없다는 듯 멍하니 서 있는 날 두고 그대로 사라져버렸어.

공기 중에 사라지는 연기처럼 말이야.

그다음부터는 기억이 없어.

눈을 떠 보니 방 안이었거든.

그것도 꿈이었냐고?

아니네.

그건 꿈이 아니었어.

믿을 수 없지만 현실이었다네.

아침에 눈을 뜨자마자 나를 본 어머니가 신기한 듯 말했거든.

내 눈동자가 검어졌다고.

아무리 눈을 비비고, 수십 번 눈을 감았다 떠도 마찬가지였어. 다른 사람들과 똑같은 검은색이었다네. 실감이 안 났어. 그도 그럴 것이 이제껏 그렇게 살아왔는데 하룻밤 사이에 벌어진 변화를 당최 믿을 수가 없는 거야.

놀라서 입이 떡 벌어진 가족들을 뒤로하고 나는 방안을 뛰쳐나갔네. 쉬지 않고 그대로 개울가로 달려갔어. 그리고 개울가에 얼굴을 처박았지.

그래서 어땠냐고? 맞아. 개울에 비친 내 눈동자는 검었어. 어느새 물속에 비친 내 얼굴이 함박웃음을 짓고 있더군. 이제 더 이상 마을 사람들에게 괴롭힘을 당하지 않아도 됐던 거야.

그 순간 불현듯 간밤의 일이 떠올랐네.

난 반신반의 하며 바지 주머니를 뒤져봤네. 그런데 주머니 제일 안쪽에서 딱딱한 뭔가가 잡혔어.

꺼내 보니 나뭇조각이더군. 까맣게 그을린 나뭇조각. 아니, 그을린 게 아닐 수도 있어. 하지만 벼락 맞은 대추나무인 벽조목과 비슷한 색깔이었다네.

정체불명의 남자는 그걸 사례라고 했어.

그런데 이리 보고 저리 봐도 그냥 아무짝에도 쓸모없는 나뭇조각이었다네. 흥미가 떨어진 난 다시 주머니 속에 그 조각을 넣었다네. 그리고 아침을 먹으러 집으로 돌아갔지.

집으로 돌아가는 내 발걸음은 정말로 힘이 넘쳤다네.

내 눈 색깔이 변한 이야기는 이게 끝일세.

참, 그 뒤로 마을에서 벌어지던 기괴한 살인도 그대로 멈췄다네.

남자가 한 말대로 아주 멀리 떠난 것 같았어.

흘흘흘. 좀 싱거운가? 그럼 이제부터 아주 재미있는 이야기를 해줌세.

어머님의 머릿결은 참 좋았다네.

매끄럽고 윤기가 흘렀지.

'아가. 엄마가 업어줄게.'

포대기에 싸여 어머님의 등에 업혀 가만히 어머님의 쪽 찐 머리를 바라봤네.

어쩌면 저리도 고울까.

어쩌면 저리도 좋은 향기가 날까.

이런저런 생각들을 하고 있자니 나도 모르게 하품이 새어나왔다네.

마당을 도는 어머님의 경쾌한 발걸음.

어머님이 불러주시는 자장가가 귀를 간지럽힐 때면.

내 머리는 어머님의 등에 착 달라붙고 눈꺼풀은 천근만근.

거역할 수 없는 잠의 나라로 스르르 빠져든다네.

그때만큼은 어머님의 등이 세상 전부였지.

아 참. 미안하네.

재미있는 얘기를 할 차례였지.

나뭇조각과 관련된 이야기일세.

정체불명의 남자가 건넨 나뭇조각은 그냥 나뭇조각이 아니었다네.

그걸 깨달은 건 내 눈빛이 변하고 며칠이 지난 뒤였네. 물론 바지 속에 나뭇조각이 있다는 것 자체도 잊고 있었던 때지.

사실 내 광대에는 보기 흉한 사마귀가 있었어.

아이들은 참 잔인해. 눈동자가 검어져 이제 무리에 속하겠거니 싶었건만 그다음엔 내 광대에 난 사마귀로 조롱하기 시작하더군.

달랐던 눈동자의 색깔만큼이나 이유를 알 수 없이 돌아온 변화를 받아들일 수 없었던 걸까. 아니면 그저 백정 놈의 자식을 무리에 두고 싶지 않았던 걸까. 이유야 어떻든 나를 무리에 두려 하지 않았다는 것만큼은 확실했다네.

예전과는 달라질 것으로 생각했던 내가 순진한 거였어.

내가 속한 세계는 그까짓 변화로는 달라지지 않았던 거였네.

기대가 컸던 만큼 실망감도 컸다네.

그 실망감이 곧 분노로 뒤바뀌었어. 왜 나만 갖고 그러는지 화가 났지. 물론 그 당시엔 백정 놈의 자식이 그 이유라는 걸 모를 때였다네. 어린 나로선 계급 간의 차별을 이해할 나이가 아니었던 거야. 어쨌든 난 바보처럼 주머니 속에 주먹을 꽉 쥐고 묵묵히 아이들의 조롱을 감내했네.

그때 손가락에 딱딱한 것이 스치더군.

생각하던 그게 맞네. 나뭇조각이었어.

난 별생각 없이 그 조각을 쥔 채로 주먹을 꽉 쥐었네. 그리고 생각했어. 내 앞에서 나를 손가락질하는 저 망할 놈의 사내놈 아가리에 이 사마귀가 떡하니 붙었으면 좋겠다고.

그런데 정말로 놀라운 일이 벌어졌다네.

자네도 예상했는가? 흘흘흘.

맞네. 눈 깜짝할 새 사내놈의 혓바닥에 사마귀가 돋아난 거야. 혀를 내밀고 나를 놀리던 사내놈의 혓바닥에 사마귀가 돋아나는 걸 똑똑히 목격한 순간 난 내 얼굴 광대를 더듬었네.

그런데 없었어.

광대에 붙어있던 사마귀가 없어졌어.

아니, 없어진 게 아니라 옮겨 간 거였지.

없어진 나도, 달라붙은 사내놈도 모두 그 변화를 인지하지 못했다네. 사마귀가 옮겨 갈 수 있다는 걸 생각조차 할 수가 없었지.

자네라면 눈치챌 수 있었겠나? 흘흘흘. 자네도 마찬가지였을 걸세.

그리고 그 가능성을 인지한 순간 겁이 덜컥 났네.

바로 집으로 도망가 방 안에 처박혀 벌벌 떨었어. 이제껏 마을 사람들을 공포에 떨게 한 기괴한 살인 사건의 범인으로 날 지목하면 어쩌나 무서웠다네.

그날 저녁 부모님이 돌아와 저녁을 먹고 잠이 들기까지 우리 집을 찾아온 사람은 없었다네.

그다음 날도. 또 그다음 날도….

기우였다고 해야 할까.

사마귀가 옮겨간 사내놈이 부모님께 일러바쳤어도 그걸 믿어줄 어른은 없었던 게지. 하긴 당사자인 사내놈도 믿지 못했을지도 모르겠네.

양놈 말로 스위치라고 하지 아마.

내 마흔 살에 바닷가에서 조난당했던 양놈과 친해져 어울렸던 적이 있었는데 그때 양놈들 말을 조금 배웠거든. 그 양놈이 그러더군. 물건과 물건을 교환하는 것을 스위치라 부른다고.

그래, 맞아. 그 나뭇조각은 스위치 능력을 갖춘 신묘한 조각이었던 게야.

그 무더운 여름밤.

저승사자 같은 남자가 내 눈을 바꿔치기해간 거였어.

사람은 자신의 인식 범위를 넘어서는 일이 일어나면 두려움을 느낀다네. 자네도 그런가? 적어도 난 그랬다네. 신기하다기보단 두려움이 앞섰지. 저주받은 조각을 강에 던져버릴까도 고민도 했었네.

하지만…. 그럴 수가 없었어.

저주를 받았건 신의 축복이건 분명 조각은 나를 다르게 만들어 줄 수 있었거든.

누구도 흉내 낼 수 없는 완전히 다른 인간으로 말이야.

그 사실을 깨달은 순간부터 틈만 나면 산에 들어가 연구했네. 조각의 능력에 대해서 말이야.

꽤 많은 산짐승이 죽어 나갔지만, 그 덕에 많은 것을 알 수 있었다네.

능력의 발동조건과 한계를 말일세.

첫 번째 조건은 조각이 무조건 내게 있어야 한다는 거야. 그건 당연한 건가. 아! 자네가 헷갈릴지도 모르겠군. 다시 말해줌세. 조각이 무조건 내 피부에 맞닿아 있어야 하네. 이제는 정확히 이해하겠는가. 흘흘흘.

두 번째로 살아있는 것이라면 어떤 것이든 스위치 할 수 있었다네. 크기와 모양도 따지지 않았어. 다만 내 눈에 보이는 상대만 가능했네. 너무 멀면 스위치 할 수가 없었어. 그리고 빼앗은 것을 다시 돌려줄 필요는 없었네. 그냥 뺏어도, 빼앗았던 것들을 한꺼번에 돌려주는 것도 가능했다네. 하지만 그런 경우 여지없이 얼마 안 가 죽더군. 생명과 직결된 장기를 빼앗아도 빼앗긴 상대는 죽어버렸어.

무수한 시행착오를 거치면서 난 한 가지를 다짐했네.

내 비록 다른 사람의 것을 모조리 빼앗을 수 있는 능력이 있다지만 부득이한 일이 아닌 경우에는 가져간 만큼 돌려주기로.

맞아. 내가 처음에 말했던 등가교환을 하기로 마음먹은 거야. 그게 말도 안 되는 능력을 얻은 내게 남은 마지막 양심이었다네.

참, 그랬었지.

한창 산속에 틀어박혀 연구하던 때야.

내 앞으로 눈처럼 하얀 털을 가진 산토끼가 지나가더군.

난 이리저리 도망가는 놈을 필사적으로 붙잡았네.

충분히 식량으로 쓸 수 있었지만 그러지 않았어. 어디까지
나 실험을 목적으로 잡은 도구였으니까.

나는 당당하게 토끼 귀를 틀어쥐고 무덤가로 갔다네.

하루 전에 장례를 치르고 만든 산소가 있었거든.

인간을 상대로 실험하기에는 더없이 우수한 재료였지.

망자라면 등가교환이 필요 없기도 하고 일부분이지만 죽은
지 얼마 안 된 시신의 장기는 스위치 한 뒤에도 살아있었을
때처럼 제 기능을 발휘하곤 했어.

당시에는 죽은 자의 장기를 하나하나 실험하던 때였다네.

나는 아직 새빨간 흙이 뒤덮여 있는 봉분 앞에서 한 손에
는 조각을, 한 손에는 토끼 귀를 잡고 빌었다네.

곧이어 토끼가 사람의 말을 하더군.

망자의 성대와 토끼의 성대를 스위치 했거든.

그런데 토끼가 그렇게 똑똑하고 말이 많은지는 그때 처음
알았다네.

어찌나 시끄럽게 떠들던지 원.

당장 숨통을 끊어버리려 했는데 갑자기 놈이 내 손을 물어 뜯더니 꽁지 빠지게 도망치더군.

뭐, 손에 난 상처를 보느라 토끼를 놓쳐 버렸다네.

그렇게 말하길 좋아했으니. 어디선가 뜬금없이 나타나 사람들에게 조잘대다가 죽었을지 모르겠구먼.

처음엔 남들 몰래 조금씩 능력을 쓰며 살았어.

그렇게 내 안에 쌓인 화를 풀곤 했지.

그런데 나이를 먹어가면서 다 소용없다는 생각이 들더군. 별짓을 다 해도 백정 놈의 자식이라는 낙인은 없어지지 않으니 말이야.

신에 필적하는 능력을 지니고 있지만, 백정 놈의 자식이라는 거지 같은 굴레는 벗어던질 수가 없었던 게야.

미치고 팔짝 뛸 노릇이었네.

오죽하면 지난날 정체불명의 저승사자가 벌였던 연쇄 살인을 이어서 날 개무시하는 사람들을 전부 다 끔찍하게 죽여 버릴까도 생각했었다네.

하지만 차마 그럴 수는 없었어.

결국 열여섯 살이 되던 해에 집을 나왔다네.

가세는 더욱 기울어졌고 형제들도 절반밖에 남지 않았거

든. 더 있다간 나도 가업을 이어 칼을 들고 동물들의 멱을 딸 수밖에 없었다네. 하지만 그건 죽기보다 싫었어.

집을 뛰쳐나와 제일 먼저 뭘 했는지 아나?

대궐 같은 부잣집의 아들놈과 얼굴을 바꿨다네.

정확히 말하자면 눈과 코, 입을 바꿨지. 확실하게 하려고 얼굴 골격과 피부, 특징적인 부분들까지 내 몸으로 싹 다 가져왔다네. 괜히 어설프게 바꿔 들키기라도 하면 큰일 날 일이 아닌가.

잘 먹어 피둥피둥 기름이 오른 얼굴이 썩 마음에 들지는 않았지만 그 덕에 떵떵거리며 배불리 살 수 있었어.

원래 있던 아들놈이 어찌 되었는지는 모르겠네.

본래의 내 얼굴로 집에 들어와 아들 행세하다가 하인들에게 멍석말이를 당하고 내쫓겼거든.

길거리에서 객사를 당했던지 팔자에도 없던 칼을 잡고 백정이 됐든지 했겠지. 흘흘흘.

누구도 예측하지 못하는 것이 인생의 묘미 아닌가.

칠십 년 이상을 살아오면서 참 많이도 바꿨네.

얼굴을 바꿔가며 지위를 높이고.

조금이라도 내 존재를 눈치 채는 방해꾼들은 쥐도 새도 모르게 척결했네.

조각만 있으면 모든 게 가능했지.

나이를 먹고부터는 몸속에 망가진 장기들을 바꿨네. 속이 아프면 위를, 아랫배가 안 좋으면 장을, 숨이 가쁘면 폐를. 어쩌다 보니 궁궐의 어의보다 더 사람의 내부를 잘 알게 되었어.

이렇게 하면 영원히 살 수 있을 거라 믿었네.

그런데 드디어 문제가 생겨버렸네.

내가 말했던가.

최근 기억이 흐릿해지고 오래전 기억들이 생생해졌다고.

바로 직전에 했던 일들도 기억나지 않는 일이 벌어졌어.

그 기억상실이 점점 잦아지고 오래 지속되었네.

뇌가 망가져 버린 거야.

이렇게 하나둘씩 망각하다가 나뭇조각의 비밀조차 잊어버릴까 두려웠다네. 그럴 순 없었어. 그렇게 돼서도 안 됐고 말이야.

나는 결심했네.

모든 것을 망각하기 전에 남은 인생의 마지막 스위치를 하기로 말이야.

정체성이란 무얼까.

나를 나로 규정짓는 것은 무얼까.

자네는 아는가?

얼굴을 바꿔가며 살아온 내게 내가 누구인지 말하기는 어려운 일일세. 스위치를 하는 순간 나를 나로 규정짓던 외면은 사라져 버리고 말았거든.

하지만 그럼에도 나는 나 아닌가.

조각의 존재를 알고 있는 나는 아무리 외모가 변한다 해도 그대로이니까 말일세. 그렇다면 내가 나일 수 있는 기억. 달리 말하자면 정신은 어디에 있을까?

생명의 원동력인 심장? 아니면 뇌?

답은 이미 알고 있었다네. 심장은 한번 바꿔봤거든. 남은 건 뇌였어.

뇌를 스위치 한다면.

나는 나일 수 있을까?

하지만 고민할 수 있는 시간이 얼마 남지 않았다네.

조바심이 났어. 내가 나일 수 있는 시간이 얼마나 남았는지 몰랐으니까.

결국 마지막 스위치를 결심했고 대상을 물색했다네.

마지막 스위치인만큼 정말로 신중하게 찾아봤어. 기왕 할 거라면 어릴수록 좋을 것 같더군. 이번 스위치만 성공하면 진시황도 누리지 못한 영겁의 생을 살아갈 수 있었으니 말일세. 죽음을 초월한 삶이야말로 모든 인간의 꿈 아니겠나.

대상은 어렵지 않게 찾았네. 대를 이어 넘치는 재산으로 떵떵거리며 사는 대부호의 갓 태어난 늦둥이였어.

힘들게 얻은 아들이라며 애지중지 키우고 있었지.

원래는 찢어지게 가난했다는데 소문으로는 주색잡기를 좋아하던 허풍쟁이 할아비가 볼에 난 혹을 엄청난 금은보화를 받고 팔아넘겼다더라나. 그 말을 곧이곧대로 믿는 사람은 없었다네. 머저리가 아니고서야 누가 그 쓸모없는 혹부리를 억만금에 사겠는가. 다만 하루아침에 벼락부자가 된 건 사실인 것 같더군.

벼락부자가 된 후로는 고리대금업을 하면서 더욱 탐욕스럽게 재산을 끌어모았다고 하네. 할아비가 죽고 난 지금은 그 아들이 가업을 이어받았다나.

그래 봐야 돈이 궁한 사람들의 피를 빨아먹는 거머리 같은 종자일 뿐이지.

나야 뭐 어떻게 벌던 상관이 없었어. 부자일수록 좋으니까.

목표는 정했고 바로 실행에 옮기기로 했네. 남은 시간이 얼마 남지 않았거든.

난 후들거리는 다릴 이끌고 대궐 같은 집 대문을 두드렸다네. 허우대는 멀쩡한데 뇌가 썩어버려 제대로 걷는 것도 힘들더구먼.

하인이 문을 열자 나를 알아보고 바로 안으로 안내했네.

그때 내 신분은 그 집 대감의 동생이었어. 난 바로 아기가 있는 방으로 향했다네. 나를 막을 사람은 없었어. 삼촌이 조카를 보겠다는데 제지할 사람은 없었지.

마침 애 엄마는 잠시 자리를 비웠더군.

속으로 쾌재를 불렀네. 일이 잘되려는 징조라 생각했어. 방 안에 들어가니 조막만 한 아기가 이불에 싸여 꼬물거리더군.

난 자리에 앉아 아기를 물끄러미 바라봤네.

눈도 제대로 뜨지 못하는 미물이 어찌나 생명력이 넘치던지. 족히 천수를 누릴 상이었네.

바둑의 흑 돌 같은 눈동자와 마주치니 약간의 죄책감이 들었네. 미안하긴 하지만 어쩔 수가 없었어. 죄책감이 날 살려주는 건 아니니까.

조금 불공평하긴 하지만 그래도 목숨을 잃는 건 아니니 등가교환이라 자위했네.

나는 천천히 조각을 손에 쥐었어.

그리고 눈을 감았네.

'아가. 왜 이렇게 젖을 안 빠는 거니. 엄마가 걱정돼서 잠을 이룰 수가 없구나.'

한창 이야기 중에 미안하네.

또 어머님 기억이 밀려오는구먼.

'그러게 말이오. 아무리 아기라지만 이리 내내 잠만 자니. 뭔가 이상하구려. 내 의원이라도 불러오겠소.'

흠. 저 남자는 누구인가.

백정이었던 아비가 아닌데….

이상하군. 내게 이런 기억이 있었던가.

앗. 차가워. 뭐야. 밖에 비라도 오는 게야?

'흑. 흐흑.'

차가워. 차갑다고.

으으으….

걱정 가득한 얼굴로 날 바라보는 저 여인은 누구인가.

저 여인은 내 어미가 아닌데….

근데 왜 저리 슬피 우는 게야.

어?

'여보. 아무래도 우리 아기 아픈 것 같아요. 흑흑. 이리도 어린아이를…. 가여워서 어쩌죠. 흐흐흑.'

'울지 마시오. 내 당장 용한 의원을 불러오겠소.'

아….

내 오랜 기억이 떠오른 것이 아니었어.

저들은 내 아비와 어미가 아니었어.

기억났다. 그래. 이제 기억났어….

가장 최근의 기억이….

….

흠. 미안하네. 잠시 생각을 정리하는 중이었네.

내가 나일 수 있는 정신은 뇌에 있었다네.

마지막 스위치를 하고서야 깨달았어.

난 갓 태어난 아기의 몸으로 들어갔네.

그런데 문제가 있었어.

치매가 걸린 노인의 뇌가 그대로 아기에게 들어가 버린 게
야.

수백 번도 더 스위치를 해놓고 왜 그걸 몰랐을까.

통탄할 노릇이지만 때는 늦었지.

이미 아기의 몸으로는 말을 할 수도,

움직일 수도 없었어.

물론 나뭇조각을 잡을 수도 없었다네.

이 몸으로는 고개를 가누는 것조차 할 수가 없었으니까.

자지러지게 우는 것.

부인의 젖을 빠는 것.

그리고 싸는 것.

그게 내가 할 수 있는 전부였네.

오히려 이 지경에 이르니 포기가 되더군. 별수 있나. 그저

이렇게 누워 죽음을 기다리고 있는 수밖에. 흘흘흘.

이게 이제껏 스위치를 해왔던 내가 받은 등가교환이 아닌가.

아기의 뇌가 들어간 이전의 내 몸. 그러니까 이 집 대감의 동생은 하루아침에 반푼이 병신이 됐다더군. 뭐 당연한 결과겠지.

또 누군가 살뜰히 돌봐주면 아기가 성장하는 대로 정상인이 될지도 모르지. 돈은 차고 넘치게 많으니 요양사만 잘 보살펴 준다면 가능한 이야기일지도 모르겠어.

아 참. 나뭇조각이 어떻게 됐는지 궁금하지 않은가?

마침 기억이 떠오른 김에 말해줌세.

내가 옴짝달싹 못 하고 누워있는데 어디선가 짐승의 발소리가 들리더군.

방구석 어디에 구멍이라도 있었는지 조막만 한 생쥐가 코를 벌름거리며 방바닥을 돌아다니는 거야.

누워있는 내 앞에서 왔다리 갔다리 하더니 이 쥐새끼가 냅다 뭘 갉아먹지 뭔가.

흘흘흘. 그래. 생각한 그게 맞네. 나뭇조각이었네.

나뭇조각을 다 처먹은 생쥐가 이번엔 방구석에 가서 또 뭘 처먹더군.

그러더니 믿을 수 없는 일이 일어났어.

코딱지만 한 생쥐의 몸이 꿀렁꿀렁 부풀어 오르더니 금세 몸집이 점점 커지는 것이야.

그러더니 사람의 형체를 잡아가더군. 눈 깜빡할 사이에 생쥐는 아기 엄마로 변했네.

나뭇조각은 스위치 능력만 가진 게 아니었어. 둔갑 능력도 갖추고 있었던 거야.

양놈들 말로 카피라고 하던가. 흘흘흘.

어쨌든 난 나뭇조각의 진정한 사용법을 몰랐던 게야. 아니, 다른 걸 해볼 생각은 가져본 적이 없으니 시도조차 안 했다고 봐야겠지. 아쉽지만 어쩌겠어. 지금의 난 아기 몸에 갇혀 버렸는걸.

지금에서야 생각해보지만 내게 나뭇조각을 준 남자는 도깨비였던 것 같아. 그가 짚고 있던 지팡이는 도깨비방망이였던 거지. 그게 가장 그럴듯한 가설 아니겠나.

응? 말도 안 된다고? 지금껏 내 얘길 듣고도 아직 그런 이야길 하는 건가. 흘흘흘. 자네도 꽉 막힌 자군.

아기 어미로 둔갑한 생쥐가 어떻게 됐는지 아는가?

흘흘흘. 이 집에서 검은 고양이를 키웠는데.

이 고양이가 어찌 알았는지 열린 창문 틈으로 뛰어들었다네.

둔갑한 생쥐는 고양이를 보고 깜짝 놀라더니 인간의 비명을 지르자마자 바로 둔갑이 풀려버리더군.

아기인 날 가운데 두고 고양이를 피해 도망가는 생쥐와 생쥐를 쫓는 고양이가 방안을 뱅글뱅글 돌았네.

방 안의 소란을 들은 아기의 진짜 어미가 방문을 열었고 그 틈을 타 생쥐는 방 밖으로 도망쳤다네. 뒤를 쫓으려던 검은 고양이는 아기 어미의 손에 붙들려 부인의 품 안에서 아쉬움의 울음 소릴 냈지.

생쥐가 방안에서 무얼 갉아 먹었는지는 모르겠어.

이거 원, 고개조차 돌릴 수가 없으니 말이야.

아마도 뭔가 부인과 연관된 뭔가를 먹었을 게야.

도망친 카피 능력을 갖춘 생쥐는 어떻게 되었는지 모르겠네.

고양이에게 잡아 먹혔을지 아니면 어딘가에서 사람으로 둔갑해 혼란을 일으킬지도 모르지.

뭐 이젠 나와는 상관없는 일일세.

하아. 너무 오래 떠들었더니 몹시 피곤하구먼.

몸에는 혈기가 넘치는데 이불 폭에 싸여 움직일 수가 없으니 이것도 고문일세그려.

그런데….

이야기를 들어주는 건 고맙네만.

지금껏 내 앞에서 우두커니 앉아있는 자넨 누군가?

아…. 검은 두루마기에 검은 갓을 쓴 걸 보니….

날 데리러 온 저승사자인가.

흘흘흘….

헛것이 보이는 것도 치매 증상의 하나라던데 자네는 헛것인가 진짜인 겐가?

휴우. 뭐, 상관없네. 헛것이던 저승사자건.

얼마 남지 않은 시간 이렇게라도 떠들 수 있었으니 외롭지는 않았어.

그나저나 이젠 정말로 좀 쉬어야겠어.

이제껏 내 이야길 들어줬으니.

자넨 조금 더 기다려줘야겠네….

작가의 말

그림 형제의 무삭제 [그림동화]를 읽어 보셨다면, 어릴 적 읽었던 동화들에 숨겨진 잔혹하고 엽기적인 면에 충격을 받으셨을지도 모르겠습니다.

한국 전래동화도 서양 동화 못지않죠. 우리에게 익숙한 [콩쥐팥쥐], [해와 달이 된 오누이], [여우 누이] 등등 전래 동화 원전은 우리의 상상을 초월할 정도로 잔혹합니다.

어린 여우 누이는 밤마다 참기름을 바른 손으로 가축의 항문을 쑤셔대 생간을 꺼내 먹습니다. 콩쥐를 괴롭힌 팥쥐의 최후는 죽음에 그치지 않고 시신을 젓갈로 담가 계모의 입안으로 사라집니다.

저는 상상을 초월하는 원전 전래동화의 엽기성에 미스터리를 접목한다면 놀라운 시너지를 발휘할 수 있으리라 생각했습니다.

동화와 미스터리의 접목은 새로운 시도가 아닙니다. 일본의 '아오야기 아이토'나 대만의 '찬호께이' 등 이름 있는 본격 작가들의 기발한 동화 미스터리들이 나온 바 있습니다. 하지만 제가 이 글을 쓰고 있는 지금까지 한국의 전래동화 미스터리는 시도된 바가 없는 것으로 알고 있습니다.

국내에도 전래동화를 모티브로 현대를 배경으로 하는 미스터리가 나온 바 있고, 전래동화와 호러를 접목한 공포작품도 나온 바 있습니다. 하지만 전래동화의 세계관을 그대로 이어가는 미스터리 작품집은 이 작품집이 최초가 아닐까 합니다.

처음으로 만나실 [콩쥐팥쥐]는 바카미스 장르입니다. 황당함을 배가시키기 위해 전래동화와는 어울리지 않는 영어 단어를 곳곳에 포함했으니 이해 부탁드립니다. 트릭의 반전은 황당함을 유발하지만, 결말에 앞서 몇 가지 복선을 배치하였습니다. [선녀와 나무꾼]은 광장 밀실 장르입니다. 일반적인 폐쇄된 밀실과는 다른 탁 트인 선녀탕에서의 죽음의 비밀을 파헤치는 재미를 느끼셨기를 바랍니다. [해와 달이 된 오누이]는 심리 스릴러의 느낌을 내려고 했습니다. 해의 머릿속에 사는 달의 인격을 그리려 했는데 어떻게 보셨을지 모르겠습니다. [여우 누이]는 집안 전체를 밀실로 만든 미스터리로 하우던잇에 중점을 둔 작품입니다. 마지막 [혹부리 영감]은

처음부터 끝까지 1인칭 화자가 독백으로 채우는 사이코 스릴러 장르의 작품입니다.

작품을 쓰면서 너무나 행복했습니다.
무엇이든 상상하는 대로 펼쳐지는 동화 속 판타지의 세계. 기괴한 생명체가 살아 숨 쉬는 요괴들과 살인 사건을 파헤치는 추리가 공존하는 매력적인 세계에서 복선과 반전을 설계하는 저는 동화 세계를 지배하는 전능한 능력자였습니다.
'엽기부족'이란 닉네임에 숨어 작품을 읽어오던 제가 이제 '홍정기'란 이름을 걸고 여러분들의 평가를 기다리게 되었습니다. 앞서 언급했던 뛰어난 작가님들과의 비교도 피할 수 없는 일이 되었죠.
제게 돌아올 칼날처럼 날카로운 비평이 떨리고 두렵지만, 미스터리를 향한 제 애정만큼은 여러분께 전달되었기를 바랍니다.

2022년 여름
홍정기

전래 미스터리

1판 1쇄 인쇄 2022년 6월 3일
1판 1쇄 발행 2022년 6월 10일

지은이 · 홍정기
발행인 · 주연지

편집인 · 석창진 **편집** · 박영심
디자인 · 김지영 **일러스트** · 백진연 이찬영
마케팅 · 허은정

펴낸곳 · 몽실북스 **출판등록** · 2015년 5월 20일(제2015 - 000025호)
주소 · 서울 관악구 난향7길52
전화 · 02-592-8969 **팩스** · 02-6008-8970
이메일 · mongsilbooks@naver.com
네이버 포스트 · post.naver.com/mongsilbooks_kr
인스타그램 · instagram.com/mongsilbooks

ISBN 979-11-89178-62-8 (03810)

●잘못된 책은 구입하신 서점에서 바꿔드립니다. ●책값은 뒤표지에 있습니다.

몽실북스에서는 작가님들의 원고를 기다리고 있습니다. 자신만의 이야기를 책으로 만들고
싶다 하시면 언제든지 mongsilbooks@naver.com으로 연락처와 함께 기획안을 보내주세
요. 몽실몽실하게 기대하며 기다리겠습니다.